OROPASTE,

OV LE FAVX

TONAXARE.

TRAGEDIE.

PAR MR BOYER.

A PARIS,

Chez CHARLES DE SERCY, au Palais,
au Sixiéme Pilier de la Grand' Salle, vis
à vis la Montée de la Cour des Aydes,
à la Bonne-Foy couronnée.

M. DC. LXIII.
AVEC PRIVILEGE DV ROY.

A MONSEIGNEVR
MONSEIGNEVR
LE DVC
D'ESPERNON

MONSEIGNEVR,

Le Faux Tonaxare s'estoit
donné à Vous, auant qu'il
eut droit d'aspirer à cét honneur par l'approbation publique ; La Fortune s'est enfin

declarée pour luy, apres auoir
esté balancée par le malheur
du Siecle, qui tombe insensi-
blement dans le dégoust des
Pieces serieuses. Le don que
ie vous en auois fait a con-
sacré mon Ouurage, & l'ambition de vous plaire a telle-
ment releué le courage à mon
Heros, qu'il a paru sur le
Theatre auec vne fierté qui
a étonné ses ennemis, & qui
m'a donné l'asseurance de le
mettre sous la protection d'vn
des plus illustres Noms de
l'Europe. Comme il est vray,
MONSEIGNEVR, que

dans cette Auguste Maison,
dont vous soutenez aujour-
d'huy toute la gloire, on a
toûjours veu des Actions de
justice & de generosité ; C'est
chez vous que le Faux To-
naxare a trouué vn glorieux
azile contre ses persecuteurs.
Vous auez herité de ces
grandes Qualitez, qui ont
immortalisé la memoire de
vos Ancestres. On peut bien
vous contester quelques biens
de la Fortune, quoy qu'ils
vous soient acquis naturelle-
ment par le Priuilege de
Succeßions legitimes ;

on ne peut iamais vous dif-
puter ces Vertus heroïques
que vous auez tirées de l'e-
xemple de vos Ayeux, ou
pour mieux dire que vous a-
uez puisées dans le fonds de
voſtre Sang. L'incertitude du
Tribunal des Hommes peut
mettre en quelque peril vne
partie de ce vaſte heritage qui
vous eſt dû; mais rien ne
peut diminuer ces biens pretieux du Cœur & de l'Eſprit,
qui ſont le premier caractere
de la haute Naiſſance, & le
~~incipe de la veritable Gran-
ſ'ét amour, MON-

SEIGNEVR, *&* ce rare
talent que vous auez pour
les belles Sciences, *&* qui
font tant d'honneur aux con-
ditions releuées; Cette gene-
reuse franchise, *&* cette pro-
bité inalterable dans vn
Siecle plein d'infidelité *&* de
corruption; Ce zele aban-
donné, qui vous fait sacri-
fier toutes choses à la gloire
de l'amitié; Cette haute ma-
gnificence dont vous nous
faites voir des essais, qui
dans l'affermissement de vostre fortune promettent des
éclats dignes de l'Illustre

Heritier de la Maison d'Es-
pernon ; Cette Valeur enfin
qui est comme naturelle à tous
ceux de vostre Sang, & que
vous auez signalée en beaucoup d'occasions ; Voila,
MONSEIGNEVR, vostre
principal heritage, voila les
auantages que vous possedez,
sans rien attendre de la faueur, & sans rien craindre
de l'injustice : C'est par là
qu'il faut estimer la grandeur de vostre fortune ; Et ce
sont enfin ces grandes Qualitez, qui m'obligent aujour-
d'huy de vous donner ce que

i' ay de moins indigne de
vous estre offert : Le Faux
Tonaxare est ce que i' ay de
plus pretieux & de plus esti-
mable, puis qu'il a l'honneur
de vostre suffrage : Agréez
donc, MONSEIGNEVR,
cette marque de mes profonds
respects, & la protestation
que ie vous fais d'estre toute
ma vie auec plus d'attache-
ment & de fidelité que personne du monde,

MONSEIGNEVR.

Vostre tres-humble,
& tres-obeïssant
Seruiteur,
BOYER.

AV LECTEVR.

IE suis obligé de t'aduertir que le Nom de Tonaxare n'est pas vn Nom inuenté, comme quelques vns ont crû ; Ce mesme Prince Frere de Cambise , est appellé Mergis par Iustin, Smerdis par Herodote, & Tonaxaris par Xenophon. I'ay crû te deuoir cét Aduis, afin que tu ne juges pas de moy sur l'exemple de quelques Autheurs de ce temps, qui prenans la licence de prester vn Nom veritable à vn sujet chimerique, pourroient faire croire que i'ay donné vn Nom inuenté à vn sujet Historique.

Fautes à corriger.

Page 23. Vers 1. pius, lisez plus. Page 23. Vers 15. deux, lisez six. Page 51. Vers 4. ma, lisez ta. Page 52. Vers 11 laissés, lisez laisses. Page 53. Vers 3. ces, lisez ses. Page 79, Vers 5. perfide, lisez perfide.

Extrait du Priuilege du Roy.

PAr Grace & Priuilege du Roy , Donné à
Paris le 14 iour de Ianvier, l'an de grace 1663.
Signé, Par le Roy en son Conseil, FALENTIN. Il
est permis à Charles de Sercy Marchand Libraire
à Paris, d'imprimer, vendre & debiter vne Piece de
Theatre, intitulée *Oropaste, ou le Faux Tonaxare,*
Tragedie, par Monsieur BOYER, & ce durant le
temps & espace de sept années entieres & accom-
plies, à commencer du iour que ladite Piece sera
acheuée d'imprimer pour la premiere fois, en telle
marge, caractere & autant de fois que bon luy
semblera : Et defenses sont faites à toutes personne-
nes, de quelque qualité & condition qu'ils soïent,
d'imprimer, faire imprimer, vendre & debiter lad.
Piece, sans le consentement de l'Exposant, ou de
ceux qui aurontdroict de luy, à peine de trois mille
liures d'amende, & de tous despens, dommages &
interests , ainsi qu'il est plus au long porté audit
Priuilege.

Regiftré sur le Liure de la Communauté le 24.
iour de Ianvier 1663. suiuant l'Arrest de la Cour.
Signé, I. DVBRAY, Syndic.

Acheuê d'imprimer pour la premiere fois
le 27. Ianvier 1663.
Les Exemplaires ont esté fournis.

ACTEVRS.

OROPASTE, ou le Faux Tonaxare, Roy de Perse.

PATISITE, Frere d'Oropaste.

MEGABISE, Pere d'Oropaste.

DARIE, Prince de Perse, Amant d'Hesione.

ZOPIRE, Prince de Perse, Amant d'Araminte.

HESIONE, Sœur du vray Tonaxare.

ARAMINTE, Sœur de Darie.

CLEONE, Confidente d'Hesione.

MITROBATE, Capitaine des Gardes du Roy.

GARDES.

La Scene est à Suze dans le Palais Royal.

OROPASTE,
OV LE FAVX
TONAXARE.
TRAGEDIE.

ACTE I.
SCENE PREMIERE.
ZOPIRE, DARIE, CLEONE.

ZOPIRE à Cleone.

AVERTIS promptement la Princesse Hesione,
C'est vn auis pressant qu'il faut que ie luy donne:

à Darie. Oüy, Seigneur, c'est d'Egypte, & du Camp du feu Roy,
Que ie reuiens icy plein de trouble & d'effroy.

A

DARIE.

Hors d'eſtat de combattre, ayant quitté l'Armée,
La Victoire, ou la Paix, y ſembloit confirmée.
Le ſort a-t'il changé? craint-on nos ennemis?
Quoy que de ma bleſſure encore mal remis,
J'iray....

ZOPIRE.

C'eſt d'autres maux que ie viens vous inſtruire;
Par l'ordre de nos Chefs, ce qu'on craint pour l'Em-
pire,
Auantque voir le Roy, doit paroiſtre à vos yeux.
Mais le Roy pouroit bié nous ſurprédre en ces lieux.

DARIE.

Non, non, depuis ſix mois maiſtre de la Couronne,
Soit orgueil, ſoit couſtume, il cache ſa perſonne:
Zopire, tu ſçais bien comme il aimoit ma Sœur,
Comme il m'offrit la ſienne, & toute ſa faueur;
Maintenant ſur le Trône, il fuit ma confidence,
Et tout ſon procedé marque ſon inconſtance.
Il manque, l'infidelle, à ce qu'il m'a promis,
Il trahit mon amour, il trahit ſes amis,
Et ſans conſiderer le rang, ny le merite,
Il m'oſe dans ſon cœur preferer Patiſite;
Comme ſi pour me perdre, vn infame Démon
Auoit pris ſur le Trône, & ſa place, & ſon nom.

ZOPIRE.

Plus que vous dîs l'effroy que ce diſcours me donne,
Le procedé du Roy me ſurprend, & m'étonne;
Cette infidelité dont il vſe enuers vous,
Ce changement ſi grand, ſi remarqué de tous,
Le rendant ſi contraire à ce qu'il deuroit eſtre,
M'ouure les yeux, Darie, & va faire conneſtre
Vn malheur mille fois plus digne d'eſtre craint,
Que tous ceux dót ie voy que voſtre amour ſe plaint.

La Princeſſe paroiſt ; Darie, en ſa preſence
De mon retour d'Egypte apprenez l'importance;
Pour en iuger ſans trouble, & mieux que ie ne fais,
Rendez à voſtre eſprit vne profonde paix.
Mais que vois-je,grandsDieux, Megabiſe auec elle?

DARIE.

Soupçonnez-vous, Zopire, vn ſujet ſi fidelle?

ZOPIRE.

Il doit m'eſtre ſuſpect, & dans toute la Cour
Il deuoit le dernier apprendre mon retour.

SCENE II.
MEGABISE, ZOPIRE, HESIONE, ARAMINTE, DARIE, CLEONE.

MEGABISE.

VN grand trouble paroiſt deſſus voſtre viſage,
Zopire ; dans ces lieux ievous fais quelque om-
La Princeſſe m'a dit que vous eſtiez icy,   [brage,
Et par d'autres auis i'en eſtois éclaircy.

ZOPIRE.

Seigneur....

MEGABISE.

I'ay tout appris d'vn des Chefs de l'Armée;
Et de pareils ſoupçons l'ame toute alarmée,
Ie viens pour m'éclaircir dans ces obſcuritez,
Et peut-eſtre y chercher de fatales clartez.
Laiſſez-moy preuenir le rapport de Zopire,
Madame; mõ diſcoursvous pourra mieux inſtruire:
Il a des intereſts qui ne ſont pas pour nous,
Et mon zele eſt entier pour l'Empire, & pour vous.

A ij

ZOPIRE.
Parlez, & ie fuis preft à vous prefter filence.
DARIE à *Megabife.*
Si vous craignez icy ma Sœur & ma prefence....
MEGABISE.
Non, non, Prince, arreftez, & vous Princeffe auffi.
HESIONE à *Cleone.*
Voy fi l'on nous écoute, & que nul n'entre icy.
MEGABISE. *Tous eftans affis.*
Pardon, fi le difcours que ie m'en vay vous faire,
Retraçant les malheurs du feu Roy voftre Frere,
Rappelle dans voftre ame vn cruel fouuenir,
Que peut-eftre le temps commençoit d'en bannir.

L'Egypte alloit tomber fous le joug de Cambife,
Et l'Affrique au feul bruit de fes armes foumife,
Déja de toutes parts nous enuoyoit fes Roys
Reconnoiftre Cambife, & receuoir fes loix :
Il eftoit tout remply de l'heur de fa victoire,
Quand le Ciel fe feruit, pour confondre fa gloire,
Montrer noftre foibleffe, & fon diuin pouuoir,
Du plus foible moyen qu'on puiffe conceuoir.
Vn fonge à ce Vainqueur, à ce foudre de Guerre,
A ce maiftre abfolu des trois parts de la Terre,
Ofta tout le repos, & luy fift fouhaiter
Le fort des malheureux qu'il venoit de dompter :
De cent vaines frayeurs fon cœur deuint la proye ;
Ses progrès le troubloient, loin d'exciter fa joye ;
Tout luy deuint fufpect, & fes timiditez
Abaiffant fon orgueil à cent indignitez,
Il flatoit le Soldat, & fe donnoit la gêne
Pour gagner l'amitié du moindre Capitaine.
HESIONE.
Quel fonge fi fatal a pû par tant d'effroy
Ebranler tout d'vn coup l'ame d'vn fi grand Roy?

MEGABISE.

Vn songe, où le Roy vit par vne indigne audace
Tonaxare son Frere oser prendre sa place,
Couronné dedans Bactre arracher de sa main
Le titre glorieux du pouuoir souuerain:
Le Roy, sans consulter que sa fureur timide,
Veut qu'il meure, & choisit pour ce noir parricide
Prexaspe, & Patisite.

DARIE.

Et Patisite, ô Dieux!
Vostre Fils, Megabise?

MEGABISE.

Oüy, ce Fils odieux:
Helas! i'auois deux Fils, dôt l'vn perit dans l'onde,
Luy qui fut autrefois l'amour de tout le monde;
L'autre à tant de forfaits osa s'abandonner,
Que du meurtre du Prince on l'ose soupçonner.
Oüy, ce Fils est par tout en si mauuaise estime,
Que plusieurs l'ont iugé capable de ce crime.

HÉSIONE.

Et mon Frere Cambise, ô honte! ô lacheté!
A passé sur vn songe à cette cruauté?

MEGABISE.

C'est sur ce bruit qu'ō croit Prexaspe, & son cōplice,
Auoit fait du vray Prince vn sanglant sacrifice;
Et que Prexaspe estant retourné pres du Roy,
Auoit par ce rapport appaisé son effroy.
Cambise en cet estat n'auoir rien de contraire
Que le secret remors du meurtre de son Frere,
Lors qu'il apprend qu'à Bactre on auoit couronné
Celuy que par son ordre il croit assassiné:
Son cœur en est frapé comme d'vn coup de foudre;
Confus, & ne sçachant que croire & que resoudre,

A iij

A ce mortel auis plein de trouble & d'effroy,
Ie suis trahy (dit-il) enfin mon Frere est Roy.
O trop funeste effet d'vn songe incuitable!
Ie n'ay pû preuenir ce malheur effroyable.
Qu'on ameine Prexafpe. Alors s'abandonnant
A tout ce qu'a d'affreux, de cruel, d'étonnant,
La crainte, la douleur, le defefpoir, la rage,
Il querelle les Dieux, & luy-mefme il s'outrage,
Il s'aueugle à tel poinct, que courant en fureur
Pour porter à Prexafpe vn poignard dans le cœur,
Il tombe, & se bleffant fans fentir fa bleffure,
Il faut mourir, Prexafpe, apres ton impofture:
Quoy, perfide, eft-ce ainfi que tu m'as obey?
Traiftre, mon Frere vit, c'eft toy qui m'as trahy.
Là voulant contenter la fureur qui le preffe,
Comme il leue le bras, il tombe de foiblefle.
Efcoutez ce qui refte. Apres vn peu d'effroy,
Prexafpe fe remet, approche, & parle au Roy.
Ton Frere eft mort (dit-il) & noftre obeïffance
N'a que trop bien feruy ta vaine défiance;
Patifite, auec moy, par vn coup plein d'horreur,
A dans Bactre immolé ce Prince à ta frayeur.
Ie te l'ay deja dit ; & fi maintenant Sufe
Prend vn autre pour luy, Patifite l'abufe;
Oropafte fon Frere, a tous les traits du tien,
Et l'vn & l'autre en tout fe reffemblent fi bien,
Qu'on s'eft mépris cent fois à cette reffemblance:
Vn fi jufte rapport confondant leur naiffance,
L'affaffinat connu de nous deux feulement,
Son depart la nuit mefme, & ton éloignement,
Ont rendu Patifite à ce poinct temeraire,
Qu'il a fait couronner fon Frere pour ton Frere.
Voila ce que Cambife apprift auant fa mort.

ARAMINTE.
Dieux! qu'entens-je?
HESIONE.
Ah! mon Frere.
DARIE.
                    Ah! funeste rapport.
à *Meg.* Ainsi sous la faueur de cet horrible crime,
Vostre Fils prend le nom du Prince legitime.
MEGABISE.
Suspendez vostre auis sur ce mortel abus;
Ce cher Fils a-t'il pû vous tromper, s'il n'est plus?
Ah! s'il viuoit encor, son zele & son courage...
HESIONE.
Megabise, à ton Fils ie doy ce témoignage;
Ie luy donnay des pleurs sur le bruit de sa mort:
Il auoit des vertus dignes d'vn autre sort.
Prexaspe cependant l'accuse d'imposture.
MEGABISE.
Et Cambise en mourant nous a fait mesme injure,
Il croit Prexaspe; & lors sentant son sort finir,
Par la perte du sang qu'il ne peut retenir,
Triste, accablé, resvant à cette ressemblance:
Tu me trahis (dit-il) tu braues ma prudence,
Fier Destin. A ces mots il pousse auec effort
Le reste de son sang qui fait place à la mort.
Il est mort tout confus de la mort de son Frere,
Conuaincu par l'aueu qu'vn traistre osa luy faire.
Vous vous troublez, Madame; & vos yeux me font
          voir
Princes, dedans vostre ame vn secret desespoir.
Ie voy naistre en vos cœurs l'horreur d'vn si grand
Si Prexaspe a dit vray, l'horreur est legitime; [crime,
Mes Fils ostent au Trône vn juste Successeur;
L'vn est vn assassin, l'autre est vn imposteur:

                              A iiij

Il est temps de parler, cessez de vous contraindre,
Quoy que ie sois leur Pere, agissez sãs rien craindre;
Ie ne vous presse point par l'espoir seulement
De sonder jusqu'où va vostre ressentiment:
S'il est vray que mes Fils ayent poussé leur audace,
L'vn a perdre son Roy, l'autre à prendre sa place;
I'atteste tous les Dieux, que ie vay sur mon sang
Venger la mort du Prince, & l honneur de son rang.
Vous sçauez àquelpoinct i'aimay toûjours la gloire,
Et combien de Cyrus ie cheris la memoire,
Ses faueurs m'ont fait grãd, sans luy ie n'estois rien,
Et son sang me sera bien plus cher que le mien.

DARIE.

Megabise, il est temps de suiure ce beau zele,
Signalez promptement vne ardeur si fidelle;
Prexaspe a publié que Tonaxare est mort,
Et Cambise en mourant confirme son rapport.
Allons ..

MEGABISE.

Auant que croire & Prexaspe, & Cambise,
Sçachez dequoy l'Armée est encor plus surprise.
Tous se ressouuenans de ces derniers combats,
Où mon Fils Oropaste, auec mille Soldats,
En entrât dãs l'Egypte, aux yeux de tout le monde,
Par la cheute d'vn Pont, auoit pery dans l'onde,
On se défie, on doute, & plusieurs sont d'accord
Que le Prince est viuant, & qu'Oropaste est mort:
Quelques-vns sur ce poinct sont d'vn auis côtraire;
Ainsi dans le Conseil tout choix est temeraire.
Prexaspe interrogé sur vn tel different,
Dément tout le discours qu'il fit au Roy mourant,
Et leur dit que voulant éuiter sa colere,
Il s'estoit fait l'autheur de la mort de son Frere.

Par là tout noſtre Camp eſt toûjours diuiſé.
Zopire, vous voyez ſi i'ay rien déguiſé.
Madame, c'eſt à vous à finir ce partage;
Ie ne veux point icy forcer voſtre ſuffrage:
Ie ſors, & iure encor, ſi le Prince n'eſt plus,
D'immoler tout mon ſang au vray ſang de Cyrus:
Mais auſſi ſauuez-vous d'vn effroyable crime;
Gardez-vous d'attenter ſur vn Roy legitime;
Madame, penſez bien à ce grand intereſt,
Prononcez, & ma main ſouſcrit à voſtre Arreſt.

SCENE III.

HESIONE, ZOPIRE, DARIE
ARAMINTE.

HESIONE.

AH! Zopire, eſt-il vray ce qu'a dit Megabiſe?

ZOPIRE.

Madame, vous voyez mon trouble & ma ſurpriſe,
Non qu'on puiſſe douter de tout ce qu'il a dit;
Son rapport eſt fidelle, & i'en ſuis interdit.
Megabiſe ſçait tout, quel conſeil faut-il prendre?

DARIE.

Zopire, en doutez-vous, il faut tout entreprendre,
Venger la mort du Prince, & le rang ſouuerain,
Acheuer en ſecret vn ſi noble deſſein;
Vous voyez qu'affectant vn zele trop ſincere,
Megabiſe a caché l'ambition d'vn Pere;
Et que pour voir vn Fils regner impunément,
Il tâche d'éblouïr noſtre reſſentiment:

A v

N'en doutez plus, Zopire: Ah! mon cher Tonaxare,
Victime des fureurs d'vn Frere trop barbare,
Si mon amour trahy murmuroit contre toy,
Et t'ofoit reprocher de me manquer de foy,
Pardonne-moy, belle Ombre, vn trâfport temeraire,
Donne ce que i'ay fait à ce que ie vay faire,
Et qu'vn remors fuiuy d'vne iufte fureur,
Repare les tranfports d'vne fatale erreur.
Allons, Zopire, allôns.

ZOPIRE.

Où courez-vous, Darie?

DARIE.

Egorger l'impofteur, auant qu'il s'en défie:
Luy voulez-vous donner le temps de s'affeurer,
D'affembler fes amis, ou de fe retirer?

ZOPIRE.

Croyez-vous Megabife auec tant d'imprudence,
Qu'il laiffe en liberté toute noftre vengeance?
Peut-eftre qu'il m'attend pour me faire arrefter;
S'il veut nous preuenir, pouuons-nous l'éuiter?
Ah! plutoft confultons ce que nous deuons faire.
Madame, vous deuez connoiftre voftre Frere:
Quelle marque auez-vous pour iurer fon trépas,
Que qui regne dans Sufe, aujourd'huy ne l'eft pas?
Sur quelle preuue entiere, & qui nous fatisface,
Croirôs-nous qu'il foit mort, qu'vn autre ait pris fa
Tous nos Chefs partagez, on refout feulemét [place?
D'en venir prendre icy plus d'éclairciffement:
Pour pretexte, le Camp vers le Prince m'enuoye
De fon couronnement luy témoigner la joye;
Mais ie viens pour vous voir, & fur voftre rapport,
Luy rendre mon hommaze, ou luy donner la mort.

HESIONE.

Helas! quelles clartez de moy peut-on attendre?
Si l'on tiét pour suspect ce que ie viens d'aprendre:
Si le Roy, dont le Ciel vous a caché le sort,
Merite par mon choix, ou l'hommage, ou la mort?
Reglez ce choix aueugle, & môtrez moivous mème
Zopire, ce qu'il faut que i'abhorre, ou que i'aime.

DARIE.

Haïssez l'imposture, & ne vous trompez plus.

ARAMINTE.

Gardez de faire outrage au vray sang de Cyrus.

DARIE.

Prexaspe l'a versé.

ARAMINTE.

S'il l'a dit à Cambise,
Son desaueu dément sa premiere surprise;
La peur l'a fait parler.

DARIE.

Oüy la derniere fois;
Criminel, pour auoir versé le sang des Roys,
Il a voulu cacher son crime, & l'a dù faire,
Par crainte, ou pour gagner Patisite, & son Frere.

ARAMINTE.

Ces soupçons mal fondez sont icy superflus,
Puis qu'on est asseuré qu'Oropaste n'est plus.
Vous sçauez que ce Mage a pery dedans l'onde,
Et sa perte parut aux yeux de tout le monde.

DARIE.

Combien en a-t'on veus auoir passé pour morts,
Que l'onde encor viuans a vomy sur ses bords?

ARAMINTE.

Vos injustes soupçons ont besoin d'vn miracle.

DARIE.

Vn Roy mourant l'a crû, sa foy vaut vn Oracle.

A vj

ARAMINTE.

Ce Roy mesme en mourant, de son Frere jaloux,
A plus loin que sa vie étendu son couroux.

HESIONE.

Donc il est resolu, Destin inexorable,
Qu'vne eternelle nuit me rende miserable!
Pere de la Clarté. Dieu des Perses, Soleil,
Vis-tu iamais vn cœur dans vn trouble pareil?
Mon Frere ne vit plus, & ie voy son image;
Oropaste n'est plus, & ie vòy son visage;
Et tout ce que ie voys incertain & douteux,
M'empesche de les voir, & les montre tous deux.
Quoy, faut-il à nos yeux laisser regner vn traistre?
Mais faut-il le punir, & ne le pas connaistre?
Cher Frere, que mon sort est digne de pitié!
Ou l'amitié du sang s'oppose à l'amitié,
Ou l'ennemy caché sous l'image d'vn Frere
Allume ma vengeance, & retient ma colere;
Ou craignant de trop craindre, & de trop attenter,
Tout incertain qu'il est, mon cœur n'ose douter.
O vous qui me voyez dans cet affreux abisme,
Où l'amour est injuste, où la haine est vn crime,
Répandez quelque jour sur tant d'obscurité.

ZOPIRE.

C'est de vous que l'Estat attend quelque clarté;
Et pour mieux éclaircir cette étrange auanture,
Il faut dans vostre cœur consulter la Nature.

HESIONE.

Si mes yeux sont trompez, que me dira mon cœur?

DARIE.

Madame, il vous dira que c'est vn imposteur,
Que du vray Tonaxare ayant la ressemblance,
Sa conduite en fait voir toute la diference.

Vous voyez qu'il trahit ma Sœur, moy méme, & vous,
Qu'il trahit les beaux feux qu'il fist naiftre êtte nous,
Et que d'vn Roy fi cher dont il porte l'image,
Il n'en a retenu que l'ombre, & le vifage.

HESIONE.

C'eft affez, & c'eft trop d'en auoir à la fois
Tous les traits apparens, l'air, la taille, & la voix.

DARIE.

De fi contraires mœurs font voir fon impofture.

HESIONE.

Mais des traits fi pareils étonnent la Nature.

DARIE.

N'ayant point obferué, pleine de voftre erreur,
Que comme le vray Prince, vn fi lâche impofteur,
Vous n'auez pû, Madame, en voir la diference.

ARAMINTE.

Faudra-t'il fur ce choix croire voftre vengeance?

DARIE.

Faudra-t'il déferer à voftre aueuglement?
Ma Sœur, fongez plutoft à venger voftre Amant.

ARAMINTE.

Ie prendrois le hazard dans vn fort fi bizarre,
D'aimer vn impofteur, pour fauuer Tonaxare.

DARIE.

Ce grand zele vous trouble, & n'agit que pour vous.

à Araminte. HESIONE. *à Darie.*
I'eftime voftre ardeur. I'aime voftre courroux.
Côferuez moy mô Frere; & vous, perdez vn traiftre,
Mais faifons nos efforts afin de le connaiftre;
Allons-y trauailler chacun de fon cofté.

ARAMINTE.

Ie n'en defire point de plus grande clarté,
Mon amour me fuffit pour le croire fon Frere,

DARIE.
Pour le croire impofteur, c'eft trop de ma colere.
ZOPIRE à *Araminte*.
Vous aimez trop le Roy, pour en croire à vos yeux.
ARAMINTE.
Vn Roy, voftre Riual, vous peut-eftre odieux.
ZOPIRE.
Croyez moins voftre amour.
ARAMINTE.
　　Croyez moins voftre haine.
ZOPIRE.
Le temps...
ARAMINTE.
　Rien fur ce choix ne me rend incertaine.
HESIONE.
Araminte, & vous Prince, arreftez ce tranfport;
Voyós qui des deux regne, ou qui des deux eft mort,
Cependant déguifons cette grande entreprife;
Sur tout cachons la bien aux yeux de Megabife,
Quoy que de fa vertu i'ofe tout prefumer,
Vn Fils deffus le Trône a dequoy le charmer.
Si ce Fils nous trahit, tafchons de le furprendre,
Et cherchons en fecret le moyen d'entreprendre.

SCENE IV.

CLEONE, HESIONE, ARAMINTE,
DARIE, ZOPIRE, LE ROY.
CLEONE.
Madame, le Roy vient.
HESIONE.
　　Ah! nous fommes trahis;
Peut-eftre Megabife,...

ARAMINTE.

Asseurez vos esprits:
Ie répons de sa foy, ne craignez rien, Madame.

DARIE *en s'en allant, à Hesione.*

Princesse, sauuez-vous des ruses d'vn infame.

ARAMINTE *en s'en allant.*

Gardez-vous bien de croire vn Amant furieux;
Consultez seulement vostre cœur, & vos yeux.

CLEONE.

Il entre.

LE ROY.

Ah ! chere Sœur, sur ce triste visage
Ie voy d'vn mal secret le funeste presage :
Mais si vous vous plaignez d'vn sort trop rigoureux,
I'en connoy, chere Sœur, qui sont plus malheureux.
Forcé par la rigueur des Loix du Diadéme,
De manquer à Darie, à ma Sœur, à moy-méme,
Perfide, ingrat, ie suis au poinct où ie me voy,
Plus à plaindre que ceux qui se plaignent de moy :
Malgré moy ma parole autre-part vous engage :
Si Darie emporta ce superbe auantage,
Ne vous étonnez pas d'vn si grand changement;
Ma Sœur, i'estois alors Amy, Sujet, Amant;
Alors aimant tous deux, nostre amitié fidelle
Se fit de nos deux Sœurs vne offre mutuelle :
Mais le rang où ie suis rompt cette égalité,
Et me doit dispenser de ma fidelité;
Ie m'imposay ce joug en prenant la Couronne,
Et forcé de payer la main qui me la donne....

HESIONE.

La main qui vous la dõne ? A quel secours, Seigneur,
Deuez-vous vostre Sceptre, & tout vostre bonheur ?
Qui vous a mieux seruy que l'illustre Darie ?

LE ROY.
Vn bras à qui ie dois & la Sceptre, & la vie,
Patifite, ma Sœur, il fut mon feul appuy.
HESIONE.
Patifite, Seigneur?
LE ROY.
Ie perdois tout fans luy.
HESIONE.
Et ie ferois le prix du lâche Patifite?
LE ROY.
Sçachez ce qu'il a fait, pour voir ce qu'il merite.
Ie periffois fans luy, par l'ordre du feu Roy:
Oüy Cambife, qu'vn fonge auoit remply d'effroy,
Où ie luy paroiffois par vne audace extréme
Arracher de fa main la puiffance fupréme,
Prend cette vifion pour vn auis du fort,
Et voulant preuenir ce malheur par ma mort,
Il deftine à ce coup Prexafpe & Patifite:
Mais par quelque intereft dont on le follicite,
Luy que ie haïffois, comme vn Homme fans foy,
Patifite m'épargne, & me couronne Roy.
Pour fouftenir mon zele & ma reconnoiffance,
Soyez de mon falut l'illuftre récompenfe.
HESIONE.
Quoy, Seigneur, penfez-vous eftre quitte enuers luy
Par le prefent d'vn bien vfurpé fur autruy?
Voudroit-il me deuoir à cette perfidie,
Et faut-il le payer en trahiffant Darie?
LE ROY.
Ah! que ne voyez-vous, chere & diuine Sœur,
Les efforts que mon zele a faits en fa faueur;
Ce choix dôt voftre amour fait vn malheur extréme,
Vous feroit plus fouffrir pour moy, que pour vous-
mefme.

HESIONE.

Ie puis donc esperer, & vous m'aimez assez,
Pour ne me dire pas, ma Sœur obeïssez:
De ce seul mot dépend le salut de Darie;
Ou prenez plus de soin d'vne si chere vie,
Ou bien souuenez-vous de cet illustre jour
Où le nœud d'amitié fit celuy de l'amour,
Quand vous dõnant sa Sœur pour obtenir la vostre,
Par ce don mutuel l'vn s'acquitta vers l'autre:
Il se fera justice, & malgré tant d'ardeur,
Il sçaura se venger, & reprendre sa Sœur.

LE ROY.

Ce n'est pas ce malheur qui doit faire ma peine;
Ie crains peu sa vengeãce, & crains trop vostre haine.

HESIONE.

Araminte pour vous est-elle sans pouuoir?
Ah! si vous renoncez à ce charmant espoir,
Puis-je au moins esperer du secours de mes larmes..

LE ROY.

Ah! trop aimable Sœur, que vos pleurs ont de char-
Que ie cede sans peine à ce juste desir,   [mes
Vers qui déja mon cœur penchoit auec plaisir!

HESIONE.

Ie rens grace à mes pleurs qui m'ont rédu mõ Frere.

LE ROY.

Ie vous rens encor plus que vostre amour n'espere:
Ie vous aime, Hesione, auecque tant d'ardeur,
Que vous m'estes bien plus que ne m'est vne Sœur.

HESIONE.

Vous m'en donnez, Seigneur, vne puissante preuue.

LE ROY.

Nõ, nõ, sçachez qu'au poinct où mõ amour se treuue,
Si ie dis que ses feux surpassent l'amitié,
Ce langage imparfait n'en dit que la moitié:

Ce que ie fens pour vous de tendreſſe & de zele,
Me peut rendre à l'Empire, à moy-méme, infidelle;
Et quand ie vous fais voir des tranſports ſi puiſſans,
Ie ne dis pas encor tout le feu que ie ſens.
Ah! que ne m'aimez-vous autant que ie vous aime!
HESIONE.
Si vous m'aimez beaucoup, ma tédreſſe eſt extréme.
LE ROY.
Charmé de cet amour & ſi plein. & ſi grand,
I'en attens vn bonheur dont l'excés me ſurprend:
Ie n'en puis dire aſſez, & ie crains d'en trop dire.
HESIONE.
Vous n'en direz iamais autant que i'en deſire.
LE ROY.
Mais ſi brûlant d'amour....
HESIONE.
Que dites-vous, Seigneur?
LE ROY
I'auois preſque oublié que vous eſtiez ma Sœur,
Et dans l'emportement d'vn ſi tendre langage....
Adieu, peut-eſtre vn jour i'en diray dauantage.
HESIONE.
Tu m'en as dit aſſez pour me combler d'effroy;
Suiuons, & découurons tout ce que ie preuoy.

Fin du premier Aĉte.

ACTE II.
SCENE PREMIERE.
MEGABISE, ZOPIRE.

MEGABISE.

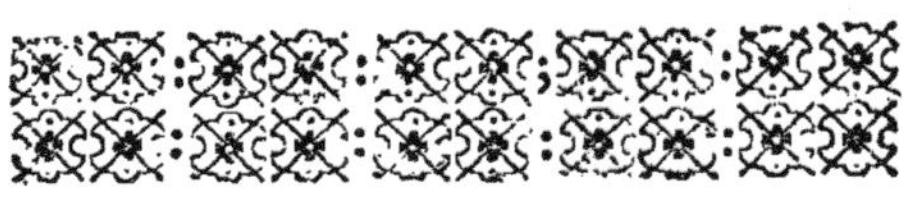

PRINCE, ne doutez plus d'vn zele trop
    sincere,
Ie feray bon Sujet, malgré l'amour de
    Pere;   [bien,
Ie le repete encor, & vous le fçauez
Que le fang de Cyrus m'eft plus cher que le mien.
De grace, fauuez-moy d'vn trouble qui me gefne,
Ne laiffez plus mon ame étonnée incertaine;
Qu'auez-vous decidé du fort de noftre Roy?

ZOPIRE.

Tout fembloit confirmer le trouble où ie vous voy:
Mais nos cœurs qu'agitoit vne foible apparence,
Vers Tonaxare enfin ont fait choir la balance;
Et fans vouloir pouffer nos clartez plus auant,
Nous auons tous conclu que le Prince eft viuant.

MEGABISE *auec tranfport de joye.*
Ah! Zopire... Mais Dieux!

ZOPIRE.
          Quelle douleur vous preffe?

MEGABISE.

Souffrez que ce soûpir échape à ma tendresse;
La Nature n'a pû retenir ce transport;
Si le Prince est viuant, helas! mon Fils est mort:
Dans ce Fils prétieux ie trouuois trop de charmes,
Pour me contraindre encor à retenir mes larmes;
Et ce que i'ay forcé par vn zele inhumain,
Ne se peut plus cacher, quand le mal est certain.

ZOPIRE.

Voulez vous voir vn Fils viure & regner en traistre?
Le voir viure à nos yeux par la mort de son Maistre?
Vostre zele tantost s'expliquoit autrement.

MEGABISE.

I'ay toûjours mesme zele, & mesme sentiment:
Mais enfin ie flotois dans cette incertitude,
Et dans le foible espoir de mon inquietude,
Quelque horreur que me fit le titre d'imposteur,
Le doute de sa mort consoloit ma douleur.
Vous donc à qui ie doy cette triste lumiere,
Donnez m'en promptement vne asseurance entiere;
Ie n'ay semé tantost que des obscuritez:
Auez-vous éclaircy ces sombres veritez,
Et m'en donnerez-vous vne marque fidelle?

ZOPIRE.

Seigneur, nous croyons tout ce que veut nostre zele;
Et n'ayant pas dequoy conuaincre nos esprits,
On donne au bruit commun la mort de vostre Fils.

MEGABISE.

Et vous n'en auez point vne preuue plus claire?

ZOPIRE.

On veut laisser au temps éclaircir ce mystere,
Et croyant ce qui sert au repos de l'Estat,
Epargner à vos Fils l'horreur d'vn attentat.

MEGABISE.

Quoy, i'attendray du temps cette reconnoiſſance?
Ah! ſecours trop cruel à mon impatience.
Prince, ie me plaignois d'auoir trop de clarté;
Mais rien n'eſt ſi cruel que cette obſcurité:
Voir mõ Fils, ou mõ Roy, ſans lespouuoir cõnaiſtre;
Quoy, d'vn doute eternel ie doy trahir mõ Maiſtre;
Ou ſoupçonnant mes Fils, les voir auec effroy,
L'vn l'impoſteur, & l'autre aſſaſſin de ſon Roy?
Quoy, dans vn meſme objet vne erreur immortellé
Meſlera Tonaxare auec vn infidelle,
Et ce meſlange affreux confondra dans mon cœur
La haine & l'amitié, le reſpect & l'horreur?
Sauuez-moy du tourment de cette incertitude.

ZOPIRE.

Mais ſi pour vous guerir de cette inquietude,
Vous découurez enfin que voſtre Fils eſt mort,
Epargnez-vous…

MEGABISE.

    Non, non, ie veux ſçauoir ſon ſort.
Pour le Prince plutoſt épargnons nos alarmes:
Si mon Fils a pery, mon Fils aura mes larmes,
Au moins vn mal certain bornera ma douleur,
Et ſans ceſſe douter eſt vn plus grand malheur.
En voyant ſur le Trône vn Prince legitime,
Si ie plains vn Fils mort, l'autre s'épargne vn crime,
Et l'vn d'eux au tõbeau me réd moins malheureux,
Que s'il deuoit le Trône au crime de tous deux.

ZOPIRE.

Mais ſi trop de clarté dans vn ſort ſi contraire
Accable de douleur vn miſerable Pere,
Et ſi de noſtre erreur voſtre eſprit détrompé
Vous montre voſtre Fils ſur vn Trône vſurpé…

MEGABISE.

Alors sans écouter la voix de la Nature,
J'arracheray du Trône vn monstre d'imposture,
Par la flame & le fer i'osteray cet abus,
Ie vengeray sur luy le Fils du grand Cyrus,
Et ne le regardant que sous le nom de traistre....

ZOPIRE.

Faites donc vos efforts afin de le connaistre:
Vostre Fils ne sçauroit se cacher à vos yeux.

MEGABISE.

Depuis trois ans d'absence éloigné de ces lieux,
Du vray Prince, & de luy, la juste ressemblance,
Le bruit de son trépas, vne si longue absence....

ZOPIRE.

Vn Pere a des clartez qui peuuent aisément....

MEGABISE.

Mais trop de passion preuient son jugement:
S'il aime à voir vn Fils viure auec vn Empire,
Sur la moindre apparence il croit ce qu'il desire;
Ou de trop de pitié se laissant preuenir,
Il n'ose croire en vie vn Fils qu'il doit punir.
Vous dont le zele agit auec tant de prudence,
Aidez-moy pour haster cette reconnoissance:
A deux lâches Sujets ce secret est commis;
Prexaspe a le cœur bas, Patisite est mon Fils,
Nous les ferons parler par force, ou par adresse.

ZOPIRE.

Allez, Seigneur, allez, mesme desir me presse.

MEGABISE.

Vous m'auez veu tantost auec sincerité,
Malgré l'amour du sang, dire la verité;
Adieu, songez, Zopire, à répondre à mon zele.

ZOPIRE seul.

Va, l'interest d'vn Fils te peut rendre infidelle,

Et voyant que Cyrus n'a plus de successeur,
Tu peux à ce cher Fils conseruer cet honneur:
Ie t'ay veu hautement condamner tant d'audace;
On s'en plaint, mais le sãg obtiẽt toûjours sa grace.
Moy-mesme quand ie vois mon Riual dãs mõ Roy,
Ie crains que mon amour ébloüisse ma foy,
Et que preoccupé de l'ardèur qui me presse,
Pour perdre ce Riual.... Mais ie voy ma Princesse.

SCENE II.
ARAMINTE, ZOPIRE.

ARAMINTE.

Qvoy, Zopire, est-ce ainsi qu'vn Prince fait sa
    Cour?
Ie viens de voir le Roy, qui sçait vostre retour.

ZOPIRE.

Nul ne pouuant sans ordre approcher sa personne,
Ie l'attens de son Frere, & sa lenteur m'étonne.

ARAMINTE.

Son Frere?

ZOPIRE.

Patisite.

ARAMINTE.

Ah ! Zopire, ie voy
Que vous auez déja pris party contre moy.

ZOPIRE.

Ce n'est pas mon dessein de vous estre contraire.

ARAMINTE.

Pourquoy donc appeller Patisite son Frere?
Qu'auez-vous découuert pour le croire imposteur?

ZOPIRE.
Rien de nouueau.

ARAMINTE.
Quoy donc, vous promettant sa Sœur,
Darie a fait passer son erreur dans vostre ame?
Il faut perdre vn Riual qui nuit à vostre flame:
Vostre cœur, qui sembloit ne prendre aucun party,
Plein d'vn si doux espoir, s'est bientost démenty.

ZOPIRE.
Nõmez, vous mon Riual vn Amant qui vous quitte,
Ingrat à vostre Frere, amy de Patisite?
Si tantost i'ay douté sans rien examiner,
Voyant qu'il vous trahit, ie le dois soupçonner:
Si c'estoit ce Héros qui vous rendit les armes,
Pourroit-il sur le Trône échaper à vos charmes?
Vos yeux ne souffrent point vn pareil changement,
Et qui l'est vne fois, est toûjours vostre Amant.

ARAMINTE.
Son infidelité m'est encore inconnuë.

ZOPIRE.
Depuis deux mois qu'il regne, à peine il vous aveuë.

ARAMINTE.
Nos Roys à leurs Sujets se font voir rarement.

ZOPIRE.
L'Amour doit de ses Loix dispenser vn Amant.

ARAMINTE.
De ces deuoirs d'Amant mon amour le dispense;
I'aime à luy voir donner aux soins de sa puissance,
Tout ce qu'auant regner il donnoit à ses feux;
Vn grand Roy peut aimer, sans faire l'amoureux:
Tout son téps, tous ses soins sõt deus à la Couronne.

ZOPIRE.
Ainsi vous souffrirez qu'vn Roy vous abandonne.

ARAMINTE.

I'y confens, fi l'Eftat demande vn autre choix.

ZOPIRE.

Mefme vous l'aimerez, s'il vit fous d'autres Loix.

ARAMINTE.

Ah ! c'eft trop me prefler.

ZOPIRE.

Expliquez-vous, Madame,
Vous-mefme faites luy fon deftin dans voftre ame;
En voyant que le Roy vous dérobe fon cœur,
Ou c'eft vn infidelle, ou c'eft vn impofteur:
Qu'en ce trouble il échape à la haine d'vn autre;
Mais fans incertitude il merite la voftre.
Refpecte qui voudra le fang du grand Cyrus,
C'eft à vous à venger la honte d'vn refus,
Et vous déterminant par voftre propre outrage
A perdre quel qu'il foit, Tonaxare, ou le Mage.

ARAMINTE.

Ie le deurois, Zopire, & peut-eftre qu'vn jour
Ma haine auec honneur vengera mon amour.

ZOPIRE.

Prenez l'occafion de venger voftre injure,
On doute, on le foupçõne, on s'affemble, on cõjure;
C'eft vne occafion qui s'offre rarement
D'engager le public dans fon reffentiment.

ARAMINTE.

Darie, & vous, vfez de cette Politique;
Et moy, loin de me joindre à la haine publique,
Voyant vn Roy trahy des plus grands de la Cour,
La pitié qu'il me fait redouble mon amour.
Il eft honteux de fuiure vne injufte querelle.

ZOPIRE.

Il eft bien plus d'aimer vn fourbe, vn infidelle.

B

ARAMINTE.

Il l'eſt tel que ie l'aime, & l'orgueil de mon cœur
Eſt trop incompatible auec vn impoſteur;
I'aimevn Roy pleind'honneur,de majeſté,degloire,
Et tel qu'il me paroiſt, tel chacun le doit croire;
Ie ne hazarde point la gloire de mon choix,
Et mon choix eſt toûjours ce qu'il fut autrefois:
Tant que i'auray des yeux, le Roy ſera le meſme.

ZOPIRE.

Vous croyez moins vos yeux, que voſtre cœur qui
ARAMINTE.   [l'aime.

Qr'importe que ie croye,ou mes yeux,ou mõ cœur.

ZOPIRE.

Il importe beaucoup que vous ſortiez d'erreur.

ARAMINTE

Il importe encor plus de ſauuer voſtre Maiſtre.

ZOPIRE.

Quoy, Madame, au peril de ſoutenir vn traiſtre.

ARAMINTE-

Ie crains moinsqu'vngrãd crimevn ſi charmãt abus;
I'auray ſoin de ma gloire: Adieu,n'en parlons plus;
Quel qu'il ſoit, Roy, Sujet,ou le Prince,ou leMage,
De peur de le trahir, i'aimeray ſon image.

ZOPIRE *ſeul.*

Son image, grands Dieux, à quelle indignité,
Ambitieux Amour, fais-tu choir ſa fierté?
Son Prince la trahit, & cette aueugle Amante
Aime qui que ce ſoit qui le luy repreſente.
Sauuons-la, mon amour, du tort qu'elle ſe fait;
Effaçons & briſons cet aimable Portrait;
Vn Monſtre ſous cet ombre échape à ma vĕgeance;
Déchirons tous les traits de cette reſſemblance,
Et d'vn auguſte Trône abatons promptement
Ce fantôme adoré par noſtre aueuglement.

Mais ie voy Patifite, il faut joüer d'adreſſe.

SCENE III.

PATISITE, ZOPIRE.

PATISITE.

IE vous ay fait attendre, excuſez ma pareſſe,
Vous verrez Tonaxare, il s'appreſte à venir,
Et demain en ſecret veut vous entretenir.
Mais que dit-on au Camp de l'illuſtre entrepriſe
Qui le couronna Roy du viuant de Cambiſe?

ZOPIRE.

Ce coup parut hardy, mais il fut eſtimé.

PATISITE

Vous me flatez, ie ſçay que pluſieurs l'ont blâmé;
Mais ils ont ignoré que ce Roy trop timide
Conceut contre ſon Frere vne horreur parricide:
Me voyant Gouuerneur, & puiſſant dans ces lieux,
(Bactre ayant couronné ce Héros glorieux)
Ie le receus dans Suſe, & crûs le deuoir faire,
Pour le mettre à couuert des fureurs de ſon Frere;
Son trépas a rendu cet attentat heureux.

ZOPIRE.

Mais pourquoy hazarder vn coup ſi dangereux,
Pour ſeruir, au peril d'vne perte certaine,
Vn Prince dont i'ay ſceu que vous auïez la haine?
I'admire ce beau zele : auſſi cette faueur
Vous fait amy du Prince, & maiſtre de ſon cœur;
Il ne vous traitte pas en Sujet, mais en Frer :
Méme.,. Mais ce diſcours pouroit bien vous déplaire.

PATISITE.

Quels difcours ? juftes Dieux !

ZOPIRE bas.

Il paroift interdit.

PATISITE.

Ah ! de grace acheuez.

ZOPIRE.

Prexafpe m'a tout dit.

PATISITE.

Prexafpe?

ZOPIRE.

Inftruit par luy d'vn fecret d'importance,
Pourray-je point pretendre à voftre confidence?
Il m'en a jugé digne; approuuez fon deffein.
Patifite, fans peur, ouurez-moy voftre fein;
Ie ne viens pas icy pour vous eftre contraire,
Ie fus, & fuis encore amy de voftre Frere.

PATISITE.

De mon Frere !

ZOPIRE.

Oropafte.

PATISITE.

Et ne fçauez-vous pas
Qu'il périt dedans l'onde en nos derniers combats?

ZOPIRE.

On l'a veu mille fois depuis cette journée.

PATISITE.

De grace, apprenez-moy quelle eft fa deftinée.

ZOPIRE.

Ie l'attendois de vous ; mais vn fecret fi cher
Qui n'a pû l'obtenir, ne doit pas l'arracher.

PATISITE.

Zopire, à ce difcours ie ne puis rien comprendre,

ZOPIRE.

Le Roy vient, & de luy vous pourrez tout aprendre.

PATISITE.

Que m'apprendra le Roy?

ZOPIRE.

Que voſtre Frere vit.
Pouſſons-le juſqu'au bout, il chancele, il pâlit.
Ne me le celez plus.

PATISITE.

Zopire, on vous abuſe.

ZOPIRE.

On le voit tous les jours.

PATISITE.

Où?

ZOPIRE.

Dans Suſe.

PATISITE.

Dans Suſe?

ZOPIRE.

Dans ce Palais. Ceſſez de vous cacher à moy.

PATISITE.

Dans ce Palais ? ô Dieux !

ZOPIRE.

Le voicy.

PATISITE.

Qui?

ZOPIRE.

Le Roy.

PATISITE.

Helas!

ZOPIRE *bas.*

I'en ay trop dit, pour m'en pouuoir dédire.

B iij

SCENE IV.

PATISITE, LE ROY, ZOPIRE, Suite.

PATISITE.

Seigneur.

LE ROY.

Qu'eſt-ce?

ZOPIRE.

Ordonnez. Seigneur, qu'on ſe retire.

LE ROY.

Laiſſeznous ſeuls. D'où viẽt le trouble où ievousvoy
Patiſite?

ZOPIRE.

Seigneur, ce trouble vient de moy,
Il craint, & ſoupçonnant la foy que iè luy donne,
Vn ſecret qu'on m'a dit, le ſurprẽd & l'étonne:
Montrez pour l'aſſeurer, en m'ouurant ce ſecret,
Qu'on le peut confier à mon zele diſcret.
Le Roy ſçait qui ie ſuis, Patiſite, & peut-eſtre
M'eſtime-t'il aſſez pour ſe faire conneſtre:
Confeſſez deuant luy que voſtre Frere vit.
Plus vous vous contraignez, plus voſtre effroy le dit.

PATISITE bas.

Ah! nous ſommes perdüs.

LE ROY.

C'eſt donc vous, ô Zopire,
Qu'obſede le Démon ennemy de l'Empire,
Qui venez acheuer, plein de cette fureur,
Que Cambiſe en mourant verſa dans voſtre cœur,

Sur le Fils de Cyrus l'horrible parricide
Que refufa Prexafpe à fa rage timide.
C'eſt donc vous, qui venez fur vn lâche rapport
M'accufer d'impofture, & me donner la mort,
Et faire de ma teſte à fa haine promife
Vn fanglant facrifice aux manes de Cambife.
Ceſſez à voſtre tour de faire le furpris,
Araminte deuoit s'acquerir à ce prix :
Grace aux Dieux, dâs vn Câp qui m'eſtoit fi côtraire,
Mon feul Riual a craint la rage de mon Frere :
Au defaut des amis, que i'ay moins foupçonnez,
Il m'en reſtoit, Zopire, aux lieux d'où vous venez.
On vient de m'auertir du deſſein qui vous mene,
Ofez les démentir-

PATISITE bas.
Ie puis reprendre haleine.
ZOPIRE.

Ie ne demande point d'où vous auez appris
Ce qui s'eſt fait au Camp, & l'employ que i'ay pris,
Puis que pour ma douleur, & pour mahôte extréme,
Ie voy que c'eſt enfin de l'ingrate que i'aime :
C'eſt là tout le fujer de mon étonnement.

LE ROY.

Ie pourrois vous laiſſer dans cet aueuglement;
Mais à la verité ie rends ce témoignage;
Prexafpe m'a tout dit.

ZOPIRE.
Prexafpe?
LE ROY.

Ce partage

Que fit vn faux rapport auffi-toſt démenty,
Se diſſipa dés lors que vous fuſtes party;
Et du confentement des plus grands de l'Armée,
En faueur de fon Roy juſtement allarmée,

B iiij

Prexafpe vient icy pour vous defabufer....
ZOPIRE.
Pour moy fon témoignage eft trop à méprifer:
Qui peut trôper fonRoy, n'eft croyable à perfonne.
PATISITE.
Quoy, Seigneur, fouffrez vous qu'encore il vous fou-
Apres l'auoir vousmefine auec tardebonté [pçonne,
Inftruit de fon erreur, & de la verité?

ZOPIRE.

Oüy, oüy, le Roy le fouffre, & foit que ie m'abufe,
On ne m'abufe point, ie n'en fais point d'excufe;
De ces perplexitez que mon ame reffent,
La Fortune eft coupable, & Zopire innocent:
C'eft le crime du fort, dont l'injufte colere
A fi bien confondu noftre Prince, & ton Frere,
Que dans l'obfcurité que me fait ce rapport,
Ie ne fçay plus qui regne, ou qui des deux eft mort.
Que fçay-je à qui ie parle? Ah! fi c'eftoit le Mage...
à part. Zopire, il ne faut plus démentir ton courage.
I'ay feint pour te connoiftre, & fans rien ménager,
I'ay mon Roy, mon Païs, ma Maiftreffe, à venger;
I'ay refolu ta mort, & de cette entreprife
I'en fais gloire deuant le Frere de Cambife;
Ie cherche icy des yeux pour conduire ma main,
Prens, prens tes feuretez, fi tu crains mon deffein.
PATISITE.
Ah! Seigneur, puniffez ce difcours temeraire.
LE ROY.
Ie ne fens point l'affront qui s'adreffe à ton Frere.
Non, non, garde, Zopire, vn fi noble deffein,
Mais choifis de bons yeux pour conduire ta main;
Ton zele me rauit, fi ton erreur m'offence;
Adieu, ie veux demain te donner audience.

ZOPIRE *en s'en allant,*
Si le trouble de l'vn m'auoit presque éclaircy,
La fermeté de l'autre augmente mon soucy.

SCENE V.
PATISITE, LE ROY.

PATISITE.

AH! que c'est comme il faut sçauoir regner, mon
　Frere,
Ie ne me repens point d'vn projet temeraire;
Tant d'orgueil soustenu par tant de fermeté,
Me fait bien augurer de vostre Royauté:
Zopire m'a surpris, ie n'ay pû m'en defendre.

LE ROY.

Zopire également a droit de me surprendre,
Et ie ne retiens plus le desordre, & l'ennuy,
Qu'vn orgueil necessaire a forcé deuant luy.
Mon Frere, nous touchons la fatale journée
Qui met au jour l'horreur de nostre destinée,
Et va faire de nous par vn soudain reuers
Vn spectacle effroyable aux yeux de l'Vniuers.

PATISITE,

Si Prexaspe est pour nous, que craignez-vous mon
LE ROY.　　　　　[Frere?

Tu vois quel jugement Zopire vient de faire,
Il peut nuire beaucoup, & seruir foiblement,
Et quoyqu'il m'ait promis ie crains son chágement.

PATISITE.

Hébien, il le faut perdre, ostons luy l'auantage
De porter contre nous vn puissant témoignage.

B v

LE ROY.
Son retour dans ces lieux déja connu de tous,
Feroit parler sa mort hautement contre nous.
Plus Prexaspe est à craindre, & plus ie m'en défie,
Et moins il m'est permis d'attenter à sa vie,
Par la mesme raison, qui m'oblige aujourd'huy
De carresser Zopire, en craignant tout de luy.
Mon Frere, ie me voy dans vne conjoncture
Où ie me doy garder de tout ce qui m'asseure,
Où ie dois m'exposer à tout ce que ie crains,
Où peut-estre mon Pere armant nos assassins,
Pour venger tout l'estat, se doit mettre à leur teste,
Et lancer contre nous la premiere tempeste.
PATISITE.
En vous montrant à luy, preuenez cet effort;
En voyant sur le Trône vn Fils qu'il a crû mort...
LE ROY.
Il en sera charmé, ie sçay combien il m'aime,
Mais toûjours pour nos Roys son zele fut extréme;
Dans l'effroyable estat où ton crime m'a mis,
Ie me voy sans Parens, sans Dieux, & sans Amis.
PATISITE.
Fuyons, mon Frere.
LE ROY.
Où fuir, si nos propres Cohortes
Pour nous assassiner sont peut-estre à nos portes?
Où fuir, est-ce en Egypte où Cambise a parlé?
Est-ce à Bactre, où par toy son Prince est immolé?
Pour de tels criminels la Terre est sans azile;
Point de salut pour nous qu'en cette seule Ville.
PATISITE.
Tout y veut nostre mort, tous vont au mesmé but.
LE ROY.
Hors du Trône pour nous il n'est point de salut.

PATISITE.

Ha! c'eſt là que fondra la premiere tempeſte.

LE ROY.

C'eſt là que nous deuons hazarder noſtre teſte.

PATISITE.

Ce n'eſt pas l'expoſer, en effet c'eſt perir.

LE ROY.

Fuir du Trône eſt toûjours beaucoup plº que mourir

PATISITE.

Ne pouuant le garder, il faut bien s'en défaire.

LE ROY.

Mon rang ne ſouffre point vn depart volontaire.

PATISITE.

Quel ſera donc enfin voſtre ſort, & le mien?

LE ROY.

Ou regner, ou mourir; ou Roy, mon Frere, ou rien:
Mais au milieu des flots, & ſi pres de l'orage,
Apprens que ie ne pers ny conſeil, ny courage.

PATISITE.

Quel ſera ce conſeil?

LE ROY.

      Suffit d'auoir regné:
Le Trône a des clartez qui me ſont enſeigné.
Meurs, indigne terreur, meurs; dans cette auanture
Mon rang eſt affermy par la ſeule impoſture;
Ie garderay par elle & ma Couronne & moy;
Pour l'eſtre, il me ſuffit d'auoir paſſé pour Roy.

PATISITE.

Mais aimant la Princeſſe, & paſſant pour ſon Frere,
Cet Hymen met au jour ce que vous voulez taire;
Il aimoit Araminte, & vous la mépriſez;
I'eſtois ſon ennemy, vous me fauoriſez;
Vous trahiſſez Darie, en aimant Heſione.

B vj

LE ROY.

Ie veux par cet Hymen affermir ma Couronne;
Et ie verray les Dieux forcez de m'épargner,
Si ie mesle mon sang au sang qui fait regner.
L'exemple de Cambise authorise ma flame,
Et rien n'est contre moy, si sa Sœur est ma Femme,
Ie te la destinois, n'osant parler pour moy;
Mais n'ayant pû forcer l'horreur qu'elle a pour toy,
I'ay parlé pour moymesme, & pour cóbler mapeine,
L'aueu de mon amour vient d'allumer sa haine.

PATISITE.

Qu'auez-vous fait helas ! tout est perdu pour nous,
Mon interest n'est rien, & i'en suis peu jaloux.
C'est par là que le Sort contre vous se declare;
Chágez, mon Frere, aimez cóme eust fait Tonaxare.

LE ROY.

Ie le voy bien, ton cœur n'a pas encor dompté
Les lâches monuemens de sa timidité;
Que ie change, mon Frere, & par cette inconstance
Redouble des Persans la juste défiance!
Ie suiuray ma carriere, & i'iray jusqu'au bout;
Vn Roy doit tout oser, lors qu'il doit craindre tout;
C'est cette fermeté qui fait trembler l'enuie;
Ce n'est point en changeant qu'vn Roy se iustifie;
Dans l'estat où ie suis qui change est découuert,
Qui flate est soupçonné, qui se dément se perd.
Il faut absolument que i'obtienne Hesione;
I'ay tort d'auoir parlé voyant qu'on me soupçonne,
Mais i'ignorois le bruit qui met ton crime au jour,
Et n'osant maintenant démentir mon amour,
Puis qu'Hesione sçait le secret de mon ame,
Poussons jusques au bout l'audace de ma flame;
Ie suis Amant, mon Frere, autant qu'ambitieux,
Et l'Amour est pour moy le plus puissant des Dieux.

C'eſt pour luy, c'eſt par luy que ie ſeray Monarque:
Mais ce n'eſt pas aſſez d'en retenir la marque,
Ie veux l'eſtre, mon Frere ; en effet ie le ſuis,
Ie ſens ce qu'vn Roy ſent, ce qu'il peut ie le puis:
Aſſis deſſus le Trône, orné d'vn Diademe,
Ie me ſens éleuer au deſſus de moy-mème;
Ie ſens mon ſang monter au deſſus de mon ſang;
Tout mon ſort à mes yeux s'efface par mon rang;
Ie ne ſuis plus le faux, mais le vray Tonaxare,
Ie ſoûtiens tout l'éclat d'vn merite ſi rare,
Et comme de ſon nom ie me ſens reueſtu,
De toute ſa grandeur, de toute ſa vertu.
Apres m'auoir donné toute ſa reſſemblance,
Vous auriez tort, grãs Dieux, de m'oſter ſa puiſſãce;
Pour remplir mon deſtin, ie me veux oublier,
Et ie veux eſtre Roy pour vous juſtifier.
Sous l'ombre d'vn ſi noble & ſi beau caractere,
Ay-je encor quelque trait qui te marque ton Frere?
Suis-je pas Roy de Perſe?
PATISITE.
                Oüy, vous l'eſtes, Seigneur;
Mais vous eſtes mon Frere, & c'eſt vn impoſteur,
LE ROY.

Ah! ſi tu me crois tel, ceſſe de me conneſtre,
Cache ce que ie ſuis à ce que ie veux eſtre;
Accouſtume tes yeux à tromper ta raiſon,
Et tâche d'oublier ma naiſſance & mon nom.
Plein de ce ſentiment qui me cache à moy-mème,
Enflé de tout l'orgueil qu'inſpire vn Diadéme,
Seul ie m'oppoſe aux traits des Hõmes & des Dieux:
Plus Roy, que iamais Roy ne parut à leurs yeux,
Qui m'oſera traitter d'impoſteur & de traiſtre,
Ou s'il l'oſe penſer, me le faire paraiſtre,

Voyant tout Tonaxare à mon front, à ma voix,
Et voyant dans ma main la foudre de nos Roys?
Allons, c'eſt trop longtēps leur cacher ma perſonne,
Par cette fermeté qu'inſpire la Couronne,
Ie veux faire trembler ceux qui m'approcheront,
Et confondre tous ceux qui me ſoupçonneront.
Mitrobate.

        MITROBATE.
Seigneur.
         LE ROY.
              Allez en diligence
Publier qu'vn chacun peut auoir audience,
Et qu'indiferemment le Palais s'ouure à tous.
   Fortune, deſarmé, ie me liure à tes coups,
Il faut en m'expoſant, que ie me iuſtifie;
Plus vn Roy s'abandonne, & moins on s'en défie;
L'impudence elle ſeule a fait des innocens,
Et c'eſt le ſeul recours des crimes impuiſſans.

Fin du ſecond Acte.

ACTE III.

SCENE PREMIERE.

MEGABISE seul.

'AY beau me déguiser, la Nature est
   trop forte,
   Malgré tous mes sermens ma tendresse
   l'emporte:
   Deuoir trop écouté, contre vn espoir
si doux,
Beau zele pour mon Roy, ie ne suis plus à vous.
Quand ie voy qu'on s'appreste à perdre vn Fils que
Quand ie me le figure auec vn Diadéme,   [i'aime,
Tout mon sang reuolté contre tout mon deuoir
S'obstine à retenir vn si charmant espoir.
Ah! si le Ciel rendoit ce Fils à ma tendresse....
Mais d'où naist en mõ cœur cette prõpte allegresse?
Il vit, ce Fils qu'enfin le Ciel m'a redonné,
Oropaste est viuant, glorieux, couronné;
Mesme ce que pour luy vient m'offrir ma memoire,
Tout ce qu'il eut jadis d'innocence & de gloire,
M'ose presque asseurer qu'il regne auec honneur.
Mais regne t'il ainsi, s'il regne en imposteur?
Dieux! si par quelque droit apparent, legitime,
Ie pouuois à mon zele excuser ce grand crime,...

Dequoy te flates-tu, Pere trop malheureux?
Tu voudrois te tromper, tu crois ce que tu veux.
Quoy qu'il en soit, pressons cette reconnoissance;
Le sang & le deuoir brulent d'impatience;
Voyons si c'est mon Fils; si ie le puis sçauoir,
Ces clartez regleront le sang & le deuoir.
Mais Patisite vient; s'il s'obstine à se taire,
Ie sçay bien le moyen d'arracher ce mystere.

SCENE II.
MEGABISE, PATISITE.
MEGABISE.
MOn Fils, veux-tu toûjours te défier de moy,
Et m'oster la douceur d'estre Pere d'vn Roy?
PATISITE.
Voudriez-vous, Seigneur, d'vn Fils de qui l'audace
Du Prince legitime occuperoit la place?
MEGABISE.
Quoy, me veux-tu toûjours cacher ce grãd bõheur?
PATISITE.
Dois-je, pour vous tromper, confirmer cette erreur?
Seigneur, sauuez plutost Tonaxare & l'Empire;
On seme de faux bruits, & peut-estre on conspire.
Ie ne vous diray point en faueur d'vn grand Roy,
Qu'en prenant son party vous agissez pour moy,
Ie sçay que mes malheurs m'ostent vostre tendresse.
MEGABISE.
Et loin qu'en ta faueur mon zele s'interesse,
Tous tes crimes passez confirment nostre erreur,
Et pour vn Roy qui t'aime, inspirẽt mesme horreur;

Tu fais tous les malheurs dont le Ciel le menace.

PATISITE.

Moy?

MEGABISE.

Toy, qui fus toûjours l'opprobre de ma race;
Toy, qu'employa Cambif. à ses lâches forfaits.
Quand on voit que le Roy t'accable de bienfaits,
Et qu'il trahit Darie, Araminte, Hefione;
Quand on voit qu'il te doit la vie & la Couronne,
Par ces déreglemens, tout l'Eftat affligé,
Le croit pour son honneur plutoft mort que changé.
Nomme ce fentiment, ou juftice, ou furie;
On croit le Prince mort, quand il te doit la vie,
Et voyant qu'il te met fi haut dans fa faueur,
Il paffe aux yeux de tous pour vn vfurpateur;
Les honneurs qu'il te fâit foüillent fon innocence,
Et fon fort eft fufpect, quand on voit ta puiffance.
Pers l'efpoir du fecours que tu cherches en moy;
Le fang ne peut m'ofter l'horreur que i'ay pour toy;
Quand vn cruel deftin me priua de ton Frere,
Sçache qu'il m'enleua toute l'amour de Pere.

PATISITE.

Eft-ce là le fecours que i'ofois efperer?

MEGABISE.

Eft-ce le feul fecours où tu dois afpirer?
Détruis tous lesfoupçõsqu'õt fait naître tes crimes;
Donne au rang que tu tiens des foutiens legitimes;
Rens-toy le digne appuy du grãd Roy des Perfans;
Donne-luy, fi tu peux, des confeils innocens.
Mais ie condamne en vain ta lâche politique,
Tu ne puis fuir les traits de la haine publique;
Et dût-on dans ta cheute enueloper le Roy,
Qu'il periffe ce Fils trop indigne de moy;

Puis qu'vne aueugle ardeur vous lie & vous affeble,
Tombez, tombez tous deux, & periffez enfemble.
bas. Il s'ébranle, acheuons. Tu changes de couleur;
Ce trouble te fait voir digne de ton malheur.

PATISITE.

Ie ne tremble, Seigneur, que pour vn Roy que i'aime,
Pour vn Roy qui vous eſt bié plus cher que vous méme.

MEGABISE.

Dis plutoſt pour vn Roy dont les déreglemens
Excitent contre luy tous ces grands monuemens;
Pour vn Roy qui trahir & fa gloire, & l'Empire,
Pour vn Roy contre qui tout le monde confpire:
Ie viens t'en auertir, malgré l'amour du Roy,
Vn reſte d'amitié m'intereffe pour toy.

PATISITE.

Ah! Seigneur.

MEGABISE.

Tout eſt prꝟ ft pour ce grand facrifice.

PATISITE.

Permettrez-vous, Seigneur, que mon Frere periſſe?

MEGABISE.

Ton Frere?

PATISITE.

Il faut enfin vous ouurir vn feeret
Que depuis trop long-temps ie vous cache à regret;
Oüy ce Fils fi chery, pour vous fi plein de charmes,
Ce Fils dont le trépas vous couſte tant de larmes,
Pour deuenir Monarque, eſt forty du tombeau:
Perira-t'il, Seigneur, dans vn deſtin fi beau?

MEGABISE.

Qu'entens-je, juſtes Dieux! Oropaſte eſt en vie;
Et l'erreur de fa mort de tant d'heur eſt fuiuie,
Que ie voy fur le Trône vn Fils que i'ay crû mort,

PATISITE.

Ie ne puis vous cacher la gloire de son sort;
Et pour vous épargner vn sanglant parricide….

MEGABISE.

Mais quoy, dois je applaudir au crime d'vn perfide?
Lâche, par ce secret penses-tu m'éblouïr?
La peur t'a fait parler, & vient de te trahir.
En recouurant vn Fils, traistre, ie le confesse,
Ie n'ay pû retenir ma joye & ma tendresse:
Mais en me le rendant, tu me rens mon effroy;
Si mon Fils n'est pas mort, qu'as-tu fait de mő Roy?
Tu l'as donc immolé par l'ordre de Cambise,
Execrable instrument d'vne horrible entreprise,
Quoy, mon sang le bourreau d'vn sang si precieux?
Va, monstre de fureur, te cacher à mes yeux.

PATISITE.

Est-ce vn crime si grand que mon obeïssance?
L'ordre du Souuerain sauue nostre innocence;
Il demanda mon bras, i'ay dû le luy prester,
Et le crime à luy seul se doit tout imputer.

MEGABISE.

La volonté du Roy peut consacrer le crime;
Mais quand vn sang si pur doit estre sa victime,
Qui peut prester son bras à ce coup inhumain,
Doit lauer en mourant le crime de sa main:
Mais ton ame trop basse, au crime accoustumée,
De ces nobles deuoirs est trop mal informée.
Pour te venger d'vn Prince animé contre toy,
Tu suiuis tes fureurs plus que l'ordre du Roy:
Mais tu fais pis encor; pour te venger d'vn Frere,
Qui meritoit luy seul la tendresse de Pere,
Tu souïlles son merite en éleuant son rang,
Et corromps en ce Fils le plus pur de mon sang,

PATISITE.
Pour vn Fils couronné, pour sa reconnoissance,
Est-ce ainsi, ..

MEGABISE.
Ton trépas sera ta recompense.

SCENE III.

PATISITE, LE ROY, MEGABISE.

PATISITE.
AH! mon Frere, empeschez...
LE ROY à *Patisite.*   b.as.
              Qu'oses-tu dire? O Dieux!
Qu'est-ce qui contre vn Fils vous rend si furieux,
Megabise?
MEGABISE.
      Vn aueu dont l'horreur m'épouuante,
Qui rend son trépas juste, & ma rage innocente.
LE ROY.
Quel est donc cet aueu, Patisite?
PATISITE.
                    Seigneur...
LE ROY.
Parle, & surmonte enfin cette indigne frayeur.
MEGABISE.
Il vient de m'auoüer que vous estes son Frere,
Que Tonaxare est mort, que ie suis vostre Pere.
LE ROY.
Et Patisite aussi conspire contre moy?
Te répens, tu déja d'auoir seruy ton Roy?

Apres m'auoir fauué des fureurs de Cambife,
Ofes-tu contre moy fouleuer Megabife,
Et corrompre, en faueur de quelques factieux,
Vn bras dont i'attendois vn fecours glorieux?
Monté dans vn haut rang par ma reconnoiffance,
Veux-tu m'ofter mõ nom, le Trône, & l'innocence?
Ie viens donc à propos, perfide, & ie voy bien
Que i'auois lieu de craindre vn fi long entretien,
Et que ton Pere enfin auroit affez d'adreffe
Pour fçauoir contre moy furprendre ta foibleffe,
Quelle fureur t'oblige à me traitter ainfi?
Parle, & rens fur ce poinct mon efprit éclaircy.

PATISITE.

Mon zele vous trahit, Seigneur, voyant vn Pere
Eclater contre vous auec tant de colere,
Et le voyant s'entendre auec nos ennemis,
I'ay voulu l'appaifer, en vous nommant fon Fils:
I'ay crû l'intereffer par vn deuoir fi tendre.

LE ROY.

Et loin qu'à cet appas il fe laiffe furprendre,
Ie le voy, ce grand cœur, par vn noble tranfport,
Deffus fon propre Fils vouloir venger ma mort.
Que ne te dois-je point pour vn zele fi rare!
Embraffe, & reconnois ton amy Tonaxare.
Patifite, pour moy trop de peur t'a furpris;
Ton Pere m'aime affez fans paffer pour fon Fils;
Et fans le vain fecours d'vne erreur volontaire,
Croy qu'il aime fon Roy plus qu'il n'aima tõFrere.

MEGABISE.

En vain ta fermeté m'étonne, & m'éblouït;
Patifite a parlé, fa crainte m'a tout dit;
Et ce nuage épais qu'oppofe l'impofture,
Ne fçauroit te cacher aux yeux de la Nature:

Ie reconnoy mon fang, oü y mon Fils voit le jour,
Ce cher Fils qui jadis fut toute mon amour.
Helas ! puis qu'à mes yeux le Deftin te renuoye,
Pourquoy par ton forfait m'en oftes-tu la joye?
Que n'ay-je la douceur de voir reuiure vn Fils,
Innocent, glorieux, & tel qu'il fut jadis?
N'as-tu paflépour mort, quepour reuiure en traiftre,
Et pour regner icy par la mort de ton Maiftre?
Ton fort en periffant fut plus noble, & plus beau;,
Sors du Trône, impofteur, & retourne au tombeau.

LE ROY.

Seigneur, quelques clartez que le fang vous infpire,
Quoy que dans la frayeur il ait ofé vous dire,
Ie pourrois m'obftiner à déguifer mon rang,
Pafler pour le vray Roy, démentir voftre fang,
Et par ma fermeté vous forcer de me croire:
Mais ie fuis voftre Fils, & i'en aime la gloire,
Et ie garde toûjours, malgré voftre couroux,
Vn refpect qui me rend affez digne de vous.
Ie ne puis plus long-temps, dans vn cœur fi fincere,
Souffrir la lâcheté d'auoir trompé mon Pere;
Et quoy qu'en me cachant ie puiffe viure en Roy,
Ie ne veux point qu'vn Pere ignore que c'eft moy.
Oüy, ie fuis voftre Fils, ie ne puis m'en defendre;
Mais apres cet aueu, Seigneur, daignez m'entendre,
Apprenez par quel fort le Ciel m'a couronné,
Et ie rentre au tombeau, fi i'y fuis condamné.
Le Ciel m'ayant fauué de l'horrible auanture
Qui fous vn Pont brifé faifoit ma fepulture,
Et les foins d'vn Pafteur me retirent de l'eau,
Ie me vis par miracle échapé du tombeau.
D'abord pour vous tirer de cette erreur mortelle,
I'allois rendre ce Fils à l'amour paternelle,

Quand ie trouue mon Frere en qui soudain ie voy
Vn air sombre & meslé de tristesse & d'effroy.
Mô Frere, en m'ébrassant; Dieux (dit-il) quelle joye?
Cher Frere, se peut-il qu'encor ie te reuoye?
Là i'apprens aussi-tost que le Prince estoit mort
Par l'ordre de Cambise, & non par son effort;
Il me cache son crime, & m'inspire l'audace
De passer pour le Prince, & de remplir sa place.
Estant alors dans Bactre, éloigné de vos yeux,
Ie fus tenté de prendre vn nom si glorieux:
Mais mon cœur détestoit le crime & l'imposture.
Dans Bactre cependant tout le monde murmure,
On blâme la conduite & l'absence du Roy;
I. passe pour son Frere, on vient s'offrir à moy,
On me met sur le Trône, & quoy que i'ose dire,
Malgré ma resistance, on m'attache à l'Empire.
Me voila Roy dãs Bactre, & pour remplir mõ sort,
I'apprens bien-tost apres que Cambise estoit mort.
Dans Suse, cõme à Bactre, on m'offre la Couronne:
Mais ce n'est pas assez, mon païs me la donne;
Ie suis Mede, Seigneur, & la Perse autrefois
Sujette à la Medie, a reconnu ses Loix?
Nostre Sceptre est son vol, & non son heritage;
Cyrus en dépoüilla nostre Prince Astiage;
Ie doy venger mõ **Maistre**, & reprẽdre aujourd'huy
Vn Empire vsurpé sur son Peuple, & sur luy.
Mais c'est peu, pour vẽger mon Maistre & ma patrie,
Que le sort m'ait donné le Sceptre de Medie,
La Perse a veu perir le dernier de ses Roys,
Attendrõs-nous, Seigneur, qu'õ fasse vn autre choix?
Semblable à Tonaxare, & sa parfaite image,
Le Ciel m'a-t'il en vain donné cet auantage?
Nostre rapport confond son sort auec le mien,
Et comme de son sort, i'herite de son bien.

Si sa Sœur apres luy peut encor y pretendre,
En luy donnant la main, ie m'offre à le luy rendre,
Et pretens deuenir par ce choix glorieux,
Iuste enuers tout le môde,&quitte enuers lesDieux.

MEGABISE.

Ah! sentimens meslez de joye & de murmure,
Qui vaincra de vous deux, ô deuoir! ô Nature!
Contre l'amour du sang, zele trop impuissant,
Ne m'importune plus. mon Fils est innocent.
Mon Fils, ie vois enfin quelle est ton innocence,
Et ie sens ma fureur perdre sa violence:
Mais Tonaxare est mort, ce grâd Prince n'est plus;
Ie voy dans le tombeau le reste de Cyrus,
Et quoy qu'auec honneur tu remplisses sa place,
Rien ne peut à mon zele excuser tant d'audace.

LE ROY.

Hé bien, suiuez l'ardeur d'vn zele si puissant,
Vengez vn Prince mort sur vn Fils innocent,
Mon Trône est mô forfait, Seigneur,ie l'abâdonne;
Mais ie quitte la vie auecque la Couronne;
Il faut cesser de viure, en cessant d'estre Roy,
Ie pers tout sans le Trône, & tout est contre moy:
De toute autre grandeur la mienne indépendante
Ne craindroit en autruy qu'vne haine impuissante;
Mais ie consens qu'vn Pere ordonne de mon sort,
Et si vous le voulez, i'ay merité la mort.

MEGABISE.

Ah! mon Fils, c'en est trop, c'est trop de déference,
Tu dois à ta grandeur la vie & l'innocence;
Et si tu dois enfin ou regner, ou mourir,
Regne, & qu'vn si beau sort t'empesche de perir.
En descendant du Trône, & te faisant connaistre,
Garde-toy de me rendre & ton Iuge,& tô Maistre,

Et m’affujettiſſant le ſort d’vn Souuerain,
Dars vn Pere indulgent, crains vn zele inhumain.
Tout le ſang de Cyrus eſt cher à ma memoire,
Dérobe à ma douleur & ta vie, & ta gloire,
Demeure ſur le Trône, & gardant ton pouuoir,
Sauue-toy des fureurs d’vn barbare deuoir.

LE ROY.

Seigneur, ce digne aueu redouble mon courage,
Et ie ne dois rien craindre auec voſtre ſuffrage.

MEGABISE.

I’admire ton grãd cœur, mais plus i’en ſuis charmé,
Plus le péril d’vn Fils tient vn Pere alarmé.
Ie te voy ſur le haut d’vn affreux precipice,
Où t’eleue du Sort l’infidelle caprice;
Ton deſtin eſt illuſtre, éclatant, glorieux,
Innocent enuers moy, ſans crime enuers les Dieux:
Mais voy quelles terreurs ébranlent ta puiſſance,
Tout le monde déja te croit ſans innocence.
Peux-tu dans cet eſtat regner ſans quelque effroy?
Qui ſe croit impoſteur, peut-il ſe croire Roy?
La plus haute fortune eſt de mauuais augure,
Quand ie la voy meſlée auecque l’impoſture;
Cette ombre ſeulement ſoüille la Royauté,
Et ces déguiſemens corrompent ſa fierté.
Tu me vantes en vain vn regne legitime;
Ton Trône me paroiſt ſur le bord d’vn abyſme,
La ſeule reſſemblance, vne erreur ſeulement,
En eſt tout le ſouſtien, l’eſpoir, le fondement;
Si tu le veux garder, ie le voy qu’il chancele;
Si tu l’oſes quitter, ta retraitte eſt mortelle;
Incertain quel des deux tu te dois épargner,
Ou l’affront de tomber, ou l’horreur de regner.
Peux-tu dans cet eſtat répondre de toy-même?

C

LE ROY.

Ie répons de mon cœur dans ce péril extréme;
Et s'il y faut périr par la haine des Dieux,
Ie trouue sur le Trône vn tombeau glorieux.
Mais pourquoy s'alarmer d'vne vaine chimere?
C'eſt aſſez pour regner d'auoir l'aueu d'vn Pere;
De tout ce qui sembloit effroyable pour nous,
Ie ne craignois, Seigneur, que voſtre seul couroux;
Ie crains peu maintenant & Darie, & Zopire;
Soit intereſt d'amour, ou zele pour l'Empire,
Ils peuuent conceuoir des soupçons contre moy;
Mais la peur d'immoler leur legitime Roy,
Ne peut, sans le secours de voſtre intelligence,
Démeſler leur vray Roy d'auec sa reſſemblance.
Prexaſpe eſt seul à craindre, il ſçait tout le secret,
Et ie crains les effets d'vn remords indiscret;
Ie viens de voir ce lâche abandonner son ame
Au trouble dangereux d'vn repentir infame:
Pour empeſcher l'effet que i'en puis redouter,
En secret, & sans bruit, ie l'ay fait arreſter;
Ie ne puis autrement le forcer au silence;
Mais ie me rens suſpeĉt par cette violence:
Vous qui sur son eſprit auez quelque pouuoir,
Par des moyens plus doux, calmez son deseſpoir.

MEGABISE.

Ne crains rien, ie ſçauray te le rendre fidelle,
Et tu verras bien-toſt les effets de mon zele.
Adieu. Vis en Monarque, & regne sans effroy,

LE ROY.

Iç vous répons de tout, si Prexaſpe eſt pour moy.

SCENE IV.
LE ROY, PATISITE.

LE ROY.

HE' bien, mon Frere, voy ce que peut le courage,
C'eſt à luy que ie dois ce dernier auantage;
l'ay conuaincu mon Pere, & par ma fermeté
l'ay reparé l'effet de ma timidité.
Enfin tout eſt pour moy, ie n'ay plus rien à craindre:
Toy, banny ces frayeurs dôt i'ay lieu de me plaindre,
Et ſonge, ſi ta peur allarme encor ton Roy,
Qu'il peut tout hazarder, pour regner ſans effroy.

PATISITE

Non, non, ne craignez rien, cette peur criminelle,
Ce remors qui me rend à moy-meſme infidelle,
Ne ſera deformais qu'vn remors impuiſſant,
Puis que voſtre vertu rend mon crime innocent.
Mon Pere eſtant pour nous, ie n'ay plus rien à dire,
Reglez à voſtre gré vos vœux, & voſtre Empire;
Vous pouuez tout oſer auec tant de vertu.

LE ROY.

Mais d'vn trouble eternel mon cœur eſt combatu.
l'aime, & plus que le Trône Heſione m'eſt chere;
Si i'oſe icy regner, ie paſſe pour ſon Frere;
Ie ne puis l'obtenir, à moins que d'eſtre Roy,
Et cette erreur pour elle, eſt vn crime pour moy.
Ie te diray bien plus, dans mon ardeur extrême;
Ie ſens quelque remors à tromper ce que i'aime?
Et fuſſay-je en eſtat de remplir mes defirs,
Auray-je quelque gloire à voler ſes ſoupirs?

C ij

Injuſte vſurpateur du cœur de ma Princeſſe,
C'eſt ſous le nom d'autruy que i'auray ſa tendreſſe;
Et l'adorant toûjours, ſans eſpoir de retour,
I'auray tout ce que i'aime, & non pas ſon amour.
PATISITE.
Loin de vous attacher à cet amour extréme,
Etouffez ces ardeurs, cachez les à vous-méme.
LE ROY·
Ie puis bien conſeruer le titre d'impoſteur,
Mais non pas démentir l'aueu de mon ardeur;
Ce ſeroit détromper l'Eſtat, & ma Princeſſe,
Ma flâme eſt trop connuë, il faut qu'elle paraiſſe.
Elle vient; Laiſſez-nous.

SCENE VI.
LE ROY, HESIONE.
LE ROY.
Venez, venez, ma Sœur,
Par voſtre injuſte haine acheuer mon malheur.
Vn bruit qu'ont répandu la fureur, & l'enuie,
Attaque inſolemment & mon Trône, & ma vie;
Ioignez à ces ſoupçons qu'on ſeme dans ma Cour
Tous ceux que vous inſpire vn malheureux amour.

HESIONE.

Helas;c'eſt cet amour,c'eſtluiſeulqu'ilfaut craindre;
C'eſt de luiſeul, Seigneur,que vo⁹ deuez vo⁹ plaindre;
Si cet amour paroiſt, tout eſt perdu pour vous;
Ie le cache auec ſoin aux yeux de vos jaloux,

N'aigriſſez pas vos maux par la haine mortelle
Que va jetter ſur vous cette ardeur criminelle;
Souffrez à mon Amant ces innocens deſirs.

LE ROY

Quoy ma Sœur, quoy Darie, aura tous vos ſoûpirs?

HESIONE.

Ie ſonge à le ſauuer, auſſi bien que mon Frere.

LE ROY.

Faites donc pour ma vie vn effort neceſſaire,
Cruel à voſtre amour, mais dont l'illuſtre éclat
Ne laiſſe aucun pretexte à troubler cet Eſtat.
On confond mon deſtin auec celuy d'vn autre,
Et l'on ne peut iamais vous conteſter le voſtre;
L'erreur qu'on a ſemée a dequoy me trahir,
Mais ſans incertitude on vous doit obeïr.
Le Peuple préuenu d'vne erreur indiſcrette,
S'ébranle par la peur de vous laiſſer Sujette;
Et perdra le reſpect pour le Trône, & pour moy,
S'il n'y voit ce qu'il croit, le ſeul ſang de ſon Roy.

HESIONE.

Seigneur, dites plutoſt que cette horrible inceſte
Va confirmer à tous vn ſoupçon ſi funeſte,
Et qu'vn Prince noircy de ce crime odieux
Armeroit contre luy les Hommes, & les Dieux.

LE ROY.

Quel crime d'imiter l'exemple de Cambiſe,
Que la Couſtume approuue, & le Trône authoriſe?

HESIONE.

L'exemple de Cambiſe eſt trop blâmé de tous,
Pour en faire à ce crime vn exemple pour vous.

LE ROY.

Il eſt vray, chere Sœur, ie le blâmay moy-méme:
Mais las! ſi vous m'aimiez autant que ie vous aime,

Vousvous troubleriez moins d'vn fidoux sentiment?
I'en fus vn peu surpris dans son commencement;
Ie ne sçay quoy d'abord s'eleua dans mon ame,
Qui s'opposoit aux nœs d'hymen, d'amour, de flame;
A vous les adresser ie sentois quelque horreur:
Mais la raison bien-tost dissipa cette erreur;
L'opinion l'enfante, & non pas la Nature,
Laissez dessus le Peuple agir son imposture;
Vous, ma Sœur, dissipez ce foible sentiment:
Qu'ay-ie d'incompatible auec le nom d'Amant?
Si le nœud de l'amour est dans la ressemblance,
Si c'est l'égalité des mœurs de la naissance,
Qui des parfaits Amans fait toute la douceur,
Où la trouue-t'ô mieux qu'entre vn Frere & sa Sœur?
Si le Ciel par le nœud de l'amour fraternelle
A mis entre nous deux vne vnion si belle,
Nos sentimens sont-ils diferents à ce poinct,
Que vous trouuiez vn crime où ie n'en trouue point?
Ah! qu'il est doux d'aimer, quand vne flame pure
Seconde les transports qu'inspire la Nature!
Que l'étreinte en amour est forte, alors qu'vn cœur
Trouue en vn mesme objet, & sa Femme, & sa Sœur!
Tournez y voftre esprit, de l'ardeur pour vn Frere
A celle que ie veux, on n'a qu'vn pas à faire;
Ce pas vous mene au Trône, & vous fera goufter.

HESIONE.

Ah! c'est trop me contraindre, & trop vous écouter,
Quoy qu'icy la couftume authorife ces flames,
L'idée en est toûjours horrible aux belles ames;
Et lors que ie vous vois en furmonter l'horreur,
Mille foupçons mortels s'emparent de mon cœur.

LE ROY.

Puis que par mon amour voftre courroux redouble,
Ie laisse à la raison à diffiper ce trouble;

Voſtre amour pour Darie a trop d'emportement,
Et le temps calmera ce premier mouuement.
HESIONE *ſeule.*
Va, plutoſt que ſouffrir ces ardeurs criminelles,
Entrez dedans mon cœur, inimitiez mortelles.
Mes trop juſtes ſoupçons i'en crois voſtre rapport,
Oropaſte eſt viuant, & Tonaxare eſt mort;
Vn traiſtre a pris ſa place, & i'entens la Nature
Murmurer dans mon cœur contre cette impoſture,
Et m'oſer reprocher, pour comble de mes maux,
D'auoir ſous ſa figure embraſſé ſes Bourreaux.
Mortel reſſentiment d'vne mortelle offence,
Seche mes pleurs, il faut courir à la vengeance.

SCENE VI.
DARIE, HESIONE.
DARIE.
Madame, qu'auez-vous?
HESIONE.
Ah! Prince, ma douleur
Vous éclaircit aſſez de tout noſtre malheur.
DARIE.
Le Roy s'obſtine-t'il à trahir noſtre flame?
HESIONE.
Tant de rage & d'effroy s'eſt ſaiſi de mon ame....
Mais ce lieu m'eſt ſuſpect, il faut ſe ménager;
Suiuez-moy, Prince, il faut mourir, ou nous venger.

Fin du troiſième Acte.

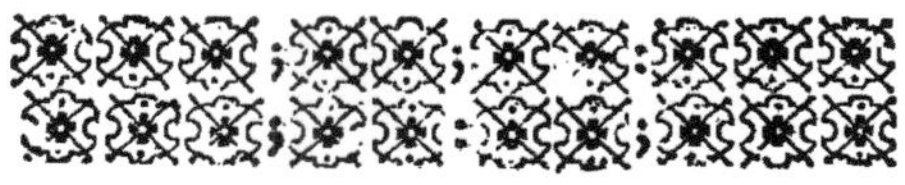

ACTE IV.
SCENE PREMIERE.
MEGABISE, PATISITE.

MEGABISE.

E doy'te l'auoüer, sa passion m'étonne;
Mais ton Frere peut tour, s'il épouse
Hesione;
Il pourroit se trahir, s'il démentoit
son choix,
Et se rend moins suspect, en imitant nos Roys.

PATISITE.
On s'en plaint hautement sur cette conjecture.

MEGABISE.
Non, non, c'est assez bas que la Cour en murmure,

PATISITE.
On se cache, & par là bien loin d'estre asseuré,
Craignez....

MEGABISE.
Hé quoy, toûjours tremblant, desesperé?
Augure mieux d'vn Roy qui peut regner sans crime,
Dont la vertu s'est fait vn Trône legitime;
Cache à mes yeux vn trouble à sa gloire mortel;
Quand ie voy tes frayeurs, ie le croy criminel;

Tes remors vont parler contre son innocence,
Et le rendre suspect d'vne injuste puissance.
Ne crains plus son amour, & ne t'alarme poipt,
Mon Fils, & le feu Roy, s'accordent en ce poinct;
Plus vn Prince entreprend, & moins on le soupçõne;
Il seroit moins hardy, s'il voloit la Couronne:
Mais changer ses Amis, sa Maistresse, & les Loix,
Oser aimer sa Sœur, il n'appartient qu'aux Roys.
                    PATISITE.
Mais aigry de ce choix, l'impetueux Darie,
Ioignant à ces soupçons la jalouse furie,
Suiura tous les transports d'vn amour mal-traitté:
Mon Frere cependant se croit en seureté,
Et croit de son orgueil l'audace assez heureuse....
                    MEGABISE.
Cette fierté me plaist, mais elle est dangereuse.
Ie viens de voir Darie, & i'ay veu qu'auec moy
Il tâche à déguiser ce qu'il pense du Roy:
Par ces déguisemens ie voy sa défiance,
Et voyant ses soupçons, ie crains sa violence;
Darie a des transports qu'on ne peut surmonter,
Auertis-en ton Frere, il le faut arrester.
                    PATISITE
Il paroist, mais il parle à la Sœur de Darie.
                    MEGABISE.
Fais-luy voir vn peril qui menace sa vie;
Et s'il perd trop de temps dans vn long entretien,
Ose tout sans son ordre, & ne ménage rien.

C v

SCENE II.
LE ROY, ARAMINTE.

LE ROY.

HE' bien, declarez-vous ma mortelle ennemie;
Triomphez d'vn Amant suspect de perfidie,
Et d'vn Roy malheureux qu'on traitte d'imposteur.

ARAMINTE.

Dites plutost d'vn Prince amoureux de sa Sœur;
Le Ciel ne me sçauroit offrir vne vengeance
Pareille au chastiment qui suit vostre inconstance;
Quoy que suspect à tous, vn soupçon si honteux
Vous fait moins d'ennemisque l'horreur de vosfeux,
C'est de vos trahisons la digne recompense,
Le crime suit le crime, & la peine l'offence·

LE ROY.

Cet amour supposé vous venge foiblement:
I'ose épouser ma Sœur, sans estre son Amant;
Et si vostre belle ame à la vengeance aspire,
C'est icy qu'elle doit joüir de mon martire:
Pour le bien de l'Estat, deuenant son Epoux,
Ie ne pers pas l'ardeur que i'eus toûjours pour vous;
Esclaue d'vn deuoir qui m'emporte vers elle,
Mais plus esclaue encor de mon amour fidelle,
Tonaxare en secret plein de trouble & d'effroy,
Desauoüe & dément tout ce que fait le Roy.
Voila quel est mon sort.

ARAMINTE.

Quoy, Seigneur, quelle marque
Doit icy separer mon Amant d'vn Monarque;

Et quel deuoir du Trône a donc pû vous charmer,
Iufqu'à le preferer à celuy de m'aimer?
Cette gloire autrefois vous parut fans feconde,
Ie valois à vos yeux tous les Sceptres du Monde;
Et fi-toft qu'on vous voit fur le Trône des Roys,
Mon choix perd fon merite, & mõ amour fes droits.
Eft-ce que vos grandeurs vous oftent la memoire?
Eft-ce que mon amour fait tort à voftre gloire?
Mon alliance eft-elle indigne de ce rang,
Et regner eft-ce trop pour celles de mon fang?

LE ROY.

Non, & fans regarder ce que le fang vous donne,
Le Ciel, ou mon amour, vous doit vne Couronne;
Et fi par des faux bruits vn Démon trop jaloux,
Me veut ofter vn rang que ie garde pour vous,
Voulant vous faire part de ce pouuoir fupréme,
I'épouferay ma Sœur en dépit de moy-méme;
Son fuffrage, & fa main, affeurent mon pouuoir.
Voyez à quels efforts m'oblige ce deuoir,
Voyez jufques où va la contrainte mortelle
Que l'amour, & la gloire, exigent de mon zele.
Pour l'Eftat, & pour vous, ie furmonte l'horreur
Que ie fens en fecret pour l'hymen d'vne Sœur:
Mais fi l'Eftat m'oblige à l'hymen d'Hefione,
Mon cœur vous eft acquis plutoft qu'à la Couronne;
Si vous m'aimez, ie veux donner en mefme jour
Hefione à l'Eftat, & vous à mon amour:
Souffrez vn double hymen que la Perfe authorife,
Que mon amour vous place au Trône de Cambife,
Et que ie puiffe affis entre vous & ma Sœur
Luy donner vne main, à vous l'autre, & le cœur,

ARAMINTE.

Ah! que ce fentiment tient peu du caractere
Du Prince genereux, & de l'Amant fincere!

C vj

Princeſſe, ouure les yeux, & connoy ton malheur;
Va, perfide...
LE ROY.
Acheuez, & dites impoſteur:
Auec mes ennemis ſoyez d'intelligence;
Appuyez vn faux bruit qui ſert voſtre vengeance.
Ne connoiſſez-vous plus cet Amant plein d'ardeur?

ARAMINTE.
Que n'eſt-il à mes yeux ce qu'il eſt à mon cœur!
Mais qu'eſt-il deuenu, cet Amant ſi fidelle?
LE ROY.
Vous laiſſez-vous ſurprédre à cette erreur mortelle?
Helas! ſi vous m'aimiez, vous me cónoiſtriez mieux;
Le changement du cœur a paſſé juſqu'aux yeux;
L'intereſt de Darie a corrompu voſtre ame.
ARAMINTE.
Non, non, ingrat, mon cœur garde toute ſa flame;
Et quand tous vos amis oſent vous ſoupçonner,
Rien ne peut m'obliger à vous abandonner.
LE ROY.
Qui ſont-ils ces amis?
ARAMINTE.
Ce n'eſt pas pour vous plaire
Que ie viens vous donner vn auis neceſſaire,
Ny pour reprendre vn cœur que ie n'eſtime plus:
Ie donne cet auis au ſang du grand Cyrus;
Pour luy ſeul ie trahis Itapherne, Zopire,
Heſione, mon Frere, & peut-eſtre l'Empire.
LE ROY.
Que dites-vous, Princeſſe?
ARAMINTE.
Ils jurent voſtre mort;
Gobrias, Otanés, ſecondent leur effort;

Et ce zele aueuglant bientoſt vn plus gṛãd nombre,
Leur va faire immoler Tonaxare à ſon ombre,
Ingrat, ſongez à vous ; mais ſans vous emporter,
C'eſt pour vous ſeulement qu'ils oſent attenter;
Ils ſeruent Tonaxare, & n'en veulent qu'au Mage.
Quand ie vous auertis, malgré ce grand outrage,
Ingez ſi ce party fut indigne d'vn Roy,
Et qui l'a mieux ſeruy, d'Heſione, ou de moy.

SCENE III.

LE ROY ſeul.

QV'eſt-ce cy, d'où me vient cet auis ſalutaire?
Fſt-ce amour, eſt-ce haine, eſt-ce zele, ou colere?
Eſt-ce pour m'auertir, eſt-ce pour m'alarmer?
Ie connoy ſon grand cœur, i'en doy tout preſumer.
Si cet auis eſt vray, quel conſeil faut-il prendre?
Les preuenir, s'armer : Non, il faut les attendre;
Si i'ay trompé des yeux par l'amour éclairez,
Seul ie puis éblouïr les yeux des conjurez:
Ils aiment leur vray Roy, s'ils haïſſent le Mage.
Cache-toy dans toy-meſme, & deſſous ſon image,
Et ſans rien redouter, ne ſonge qu'à regner.
Sans doute que le Ciel reſout de t'épargner;
La Sœur vient t'auertir, lors que le Frere attente;
Pouſſe donc viſte au port ta fortune flotante.
Ceſſez enfin, gṛãds Dieux, de douter de mes droicts;
Le Sort, & la Vertu, peuuent faire des Roys;
Le premier me couronne en dépit de moy-méme,
Et l'autre m'a rendu digne du Diadéme.

Par des titres si beaux, conseruant mon pouuoir,
Dieux, ne m'alarmez plus, faites voftre deuoir.

SCENE IV.

MITROBATE, LE ROY, HESIONE.

MITROBATE.

La Princeffe...

LE ROY.

Qu'elle entre. Heureufe reffemblance,
Seule foûtiens icy toute mon efperance.
Mitrobate, fortez.

HESIONE *bas*.

Tâchons adroitement
De donner plus de jour à mon reffentiment.

LE ROY.

Ma Sœur, de toutes parts le bruit fe fortifie,
Que dans Bactre le Roy me fit ofter la vie;
Et que par Patifite, en mon lieu fuppofé,
Son Frere regne icy fur vn peuple abufé.
Quelque rapport de voix, de taille, & de vifage,
Qu'on trouuoit entre nous auant la mort du Mage,
Appuyent ces faux bruits, qu'en expirant, le Roy,
Pour me perdre aujourd'huy, fit femer contre moy.
Déja mes ennemis croyant cette auanture,
Sur l'Hymen que ie preffe augmentent le murmure.
Dans vn fi grand peril qui menace mes jours,
Voftre zele vient-il m'apporter du fecours?
J'ay befoin de confeil, & foupçonnant tout autre,
Sur ce fujet, ma Sœur, ie ne veux que le voftre.

HESIONE.
Il vous faut vn conseil dans cette extremité
Plein de prudence autant que de fidelité;
Et l'esprit d'vne Fille a sur cette matiere
Trop peu d'experience, & trop peu de lumiere.
Ie venois seulement vous offrir sur ce bruit,
Ce qui dépend d'vn zele ardent, & mal instruit:
Mais enfin s'il s'agit de vos jours, de l'Empire,
Pour en déliberer, faites venir Zopire,
Anaxandre, Itapherne, Otanés, Gobrias...

LE ROY.
Darie, & ceux encor qui luy prestent leurs bras;
Qu'ils viennent tous fumans de rage & de colere
Faire choir à vos pieds le sang de vostre Frere.
Vous l'auez resolu, vous-mesme.

HESIONE.
Moy, Seigneur?

LE ROY.
Oüy vousméme, Princesse, oüy vousméme, ma Sœur.
C'est là vostre dessein, & ie veux bien le suiure;
Qui ne sçait pas mourir, est indigne de viure;
Et ce n'est pas sçauoir mourir quand il le faut,
Lors que les Dieux ont mis nostre destin si haut,
Qu'il faut pour s'asseurer, par vn trait de furie,
D'vn deluge de sang innonder sa patrie.
Ma Sœur, quand tout le monde à nous nuire est d'a-
Qui veut viure à ce prix, a merité la mort.   [cord,
Perisse vn sang fatal au salut de l'Empire.
Gardes, faites venir Itapherne, Zopire,
Anaxandre, Darie, Otanés, Gobrias,
Et quiconque auec eux a juré mon trépas.

HESIONE.
Ah! Gardes, arrestez, ie reconnoy mon Frere,
Pardonnez mon erreur, ie ne puis vous le taire:

Darie, & ceux encor que vous auez nommez,
Pour venger voſtre mort, contre vous ſont armez:
Ils attendent mon ordre, & de nouueaux indices,
Mais ie condamne enfin ma haine, & ſes cõplices.

LE ROY.

Ie crains peu tous les traits de leur foible couroux;
Vous eſtes ſeule à craindre, & ie ne crains que vous;
Vous eſtes ma Princeſſe, & toute ma puiſſance
Seroit contre vos traits ſans force, & ſans defenſe.
Quittez, quittez enfin le ſoin de m'épargner;
Que m'importe, ma Sœur, de viure & de regner,
Si ie perds tout l'eſpoir de mon amour extréme,
Et ſi ie ſuis hay parce que ie vous aime?

HESIONE.

Ie ne hay rien en vous que cette injuſte ardeur,
Et que ce nom affreux d'Amant de voſtre Sœur:
I'aimerois ce beau feu de tout autre qu'vn Frere;
Changez, changez de nom, ſi vous mevoulez plaire.
Fuſſiez-vous, Oropaſte, à la place du Roy,
Ie croirois cette ardeur moins honteuſe pour moy:
Oropaſte autrefois eut toute mon eſtime,
Et de pareils Heros peuuent m'aimer ſans crime:
Mais mon Frere luy-meſme…

LE ROY.
Ah! Princeſſe,

HESIONE.
Ah! Seigneur.

LE ROY.

Que ne ſuis-je Oropaſte auec tant de bonheur!

HESIONE.

Ah! que ne pouuez-vous ceſſer d'eſtre mon Frere!

LE ROY.

Peut-eſtre que ie ſuis cet Amant temeraire;
Oüy ſans doute, Princeſſe…

HESIONE.
Ah! s'il est vray, grands Dieux...
LE ROY.
Ah! ie vous voy fremir de ce nom odieux:
Ie suis toûjours hay, quelque nom que ie prenne;
N'en est-il point qui puisse adoucir vostre haine?
De grace, apprenez-moy, malgré tant de couroux,
Ce qu'il faut que ie sois pour estre aimé de vous.
Songez à mon amour plutost qu'à me connestre;
C'est vostre Amant, voila tout ce que ie veux estre.
Que s'il faut que mon sort suiue enfin vostre choix,
Examinez cet air, ces yeux, & cette voix.
HESIONE.
Tels les eurent toûjours, Oropaste, & mon Frere.
LE ROY.
Malgré nostre rapport, le choix s'en pouuoit faire,
Et iamais on n'a veu deux Hommes sous les Cieux...
Mais vous fermez l'oreille, & détournez les yeux.

HESIONE.

Si vous voyât tous deux, on a pris l'vn pour l'autre,
Puis-je, n'envoyant qu'vn, sçauoir si c'est le nostre,
Et le connoistre, apres que i'ay durant six mois
Si bien accoustumé son visage & sa voix,
Que quand ils auroiét eu bien moins de resséblance,
Mes sens n'en pouroient plus faire la diference?
Aussi ie ne veux plus sur ce discernement
De mes sens ébloüis suiure le jugement;
Ie détourne l'oreille, & fermant la paupiere,
I'abandonne mon ame à sa propre lumiere:
Il faut pour s'éclaircir dans cette sombre erreur,
En chercher les clartez au fond de vostre cœur,
Et fuyant du dehors la trompeuse apparence,
Sur ses diuersitez en voir la diference.

LE ROY.

Ah ! Princeſſe, s'il faut vous regler là-deſſus...;

HESIONE.

Ie connoiſtray bien-toſt que mon Frere n'eſt plus.
Darie eſt mal-traitté, ſa Sœur abandonnée,
On me parle aujourd'huy d'amour, & d'hymenée;
Ces traits auec mon Frere ont-ils quelque rapport
Qui m'ayent pû juſqu'icy faire ignorer ſa mort,
Et careſſer au lieu d'vn ſi rare merite,
L'Amy, le Protecteur, le ſang de Patiſite?
Ah! d'vn Frere ſi cher, fantôme injurieux,
Qui veux porter au cœur l'impoſture des yeux,
Penſes-tu que ce cœur inſtruit par la Nature,
Au lieu de Tonaxare, embraſſe ſa figure?
Perfide, il te falloit d'vn faux nom reueſtu,
De qui tu pris le nom, prendre auſſi la vertu,
Et faire dans ton ſein, en égorgeant mon Frere,
Couler l'illuſtre ſang que la Perſe reuere.
O Cyrus, ie connois le deſtin de ton Fils,
I'ay trouué ſes Bourreaux ; aux armes, mes Amis,
Il faut venger vn Frere, & recouurer l'Empire.

LE ROY.

Arreſte, à ce grand coup tu peux ſeule ſuffire:
Si tu me crois encore vn fourbe, vn impoſteur,
Prens-toy meſme ce fer, & me perce le cœur.

HESIONE.

En vain pour m'éblouïr encore auec ta feinte,
Tu te pares icy d'vne vertu contrainte;
Donne, donne ce fer, & comme ſa grandeur,
Prens du vray Tonaxare & la force, & le cœur,
Pour receuoir icy, ſans manquer d'aſſeurance,
De tes lâches forfaits la juſte recompenſe.
Meurs.

LE ROY.
Frape, parricide.
HESIONE.
                    Helas! mon Frere, helas!
Que me laiſſiez-vous faire!
          LE ROY.
                    Acheue, vois-tu pas
Que c'eſt vn fourbe à qui s'adreſſent tes careſſes?
          HESIONE.
Ne vous dérobez plus, mon Frere, à mes tendreſſes;
Apres ce que i'ay fait pour m'aſſeurer de vous,
Ie vous connois aſſez, pour vous montrer à tous.
          LE ROY.
I'attens de voſtre zele vn ſecours plus vtile;
Epargnez-nous le ſang d'vne guerre ciuile;
Ie voy des mécontens, qui ne quitteront pas
Ce pretexte à pouuoir ſouleuer nos Eſtats,
Si quelque grand effet, ſceu de toute la Terre,
Ne leur oſte l'eſpoir de me faire la guerre:
Ce coup depend de vous.
          HESIONE.
                    Daignez le propoſer,
Seigneur, que faut-il faire?
          LE ROY.
                    Il me faut épouſer:
Nul ne me pourra plus diſputer la Couronne,
Quand ie ſeray le Frere, & l'Epoux d'Heſione;
Cet Hymen que i'auois prudemment projetté,
Deuient par mon malheur vne neceſſité.
          HESIONE.
Nul malheur n'a rendu cet Hymen neceſſaire;
On ne doutera plus que vous eſtes mon Frere,
Quand Prexaſpe en public expoſant voſtre ſort,
I'iray par mon hommage appuyer ſon rapport.

SCENE V.

HESIONE, LE ROY, CLEONE.

CLEONE.

MAdame secourez le malheureux Darie;
Dans voftre Châbre mefme on arrête à fa vie.

HESIONE.

Qui?

CLEONE.

Les Gardes du Roy.

HESIONE.

Vos Gardes? Ah! Seigneur,

LE ROY.

Ma Sœur, c'eft fans mon ordre, empefchons ce mal-
Dis-moy qui les conduit.   [heur:

CLEONE.

Seigneur, c'eft Patifite.

SCENE VI.

MEGABISE, PATISITE, LE ROY, HESIONE, CLEONE.

MEGABISE.

SEigneur, i'entre fans ordre, & mon zele m'inuite
A vous donner auis du plus noir attentat
Que la rage ait iamais formé contre vn Eftat.

Mon Fils, sans diferer, craignant quelque surprife,
Sans ordre a fait choifir le Chef de l'entreprife,
Et l'on doit l'amener à Voftre Majefté
Pour receuoir le prix de fa temerité.

HESIONE.
Quel eft ce criminel?

PATISITE.
C'eft Darie, & le traiftre
A quelque compagnon que vous pouuez connaiftre;

HESIONE.
Si vous le connoiffez, pour preuenir fes coups,
Pourquoy, fans diferer, ne le faififfez-vous?

PATISITE.
Vous en fouffririez trop.

HESIONE.
Moy?

PATISITE.
Vous.

HESIONE.
Quelle impudence!
Ie ne m'étonne plus, voyant tant d'infolence,
Si voftre nouueau regne a dans fi peu de temps
Sous vn tel Fauory fait tant de mécontens:
Si chez moy fans refpeft il attaque Darie,
Qui pourra deformais éuiter fa furie?

PATISITE.
Nul de ceux qui voudront affaffiner le Roy.

LE ROY.
Patifite...

PATISITE.
Seigneur, fi l'on s'en prend à moy,
C'eft par le feul chagrin de voir que voftre vie
Peut brauer par mes foins les fureurs de l'enuie,

Pourquoy diffimuler vn fi noir attentat?
Flater ce parricide eft vn crime d'Eftat;
Sa rage....

HESIONE.

Ah! c'en eft trop, vous connoiffez l'offence;
Seigneur, c'eft voftre Sœur qui demáde vengeance.

LE ROY.

Son zele a fait fon crime, excufez-en l'ardeur.

HESIONE.

Eft-ce zele enuers vous d'outrager voftre Sœur?
Cleone a dit l'affront, vous en voyez la fuite;
L'outrage à voftre Sœur venant de Patifite,
Eft tel, que pour lauer vn affront de ce rang,
L'infame qui l'a fait, n'a pas affez de fang.

LE ROY.

Pour s'emporter fi fort, l'injure eft bien legere.

HESIONE.

S'en émouuoir fi peu, c'eft eftre mauuais Frere:
En foule mes foupçons reuiennent dans mon cœur.

LE ROY.

Encore des foupçons? Ah! c'en eft trop, ma Sœur.

HESIONE.

Montrez fi ie la fuis en vengeant mon injure:
C'eft maintenant qu'il faut que parle la Nature;
Sa voix doit m'éclaircir de cette trahifon;
Il faut ou le defendre, ou m'en faire raifon,
Et ie rends grace au Sort, qui vous rend neceffaire,
De paroiftre à nos yeux, ou fon Frere,ou mó Frere'

LE ROY.

Quoy, fi ie l'abandonne à voftre cruauté,
Connoiftrez-vous vn Frere à cette lâcheté?
Dois-je tant de rigueur à qui ie doy la vie,
Quand mon Frere ordonna qu'elle me fut rauie?

HESIONE.
Vous l'en auez payé, s'il fit lors son deuoir:
Mais c'est trop l'epargner, & trop peu s'émouuoir,
Depuis son insolence, vn veritable Frere
Auroit porté cent coups au sein du temeraire.
Va, nous ne sommes point sortis d'vn mesme flanc:
On le voit aussi-tost qu'on fait tort au bon sang,
Dans toute la maison, comme de veine en veine,
Répandre auec l'affront, la vengeance, & la haine.
Ie te vois insensible au trait qu'il m'a lancé,
Et i'ay plus à venger que ie n'auois pensé.
LE ROY.
Ah! c'en est trop enfin, ma patience est lasse;
Ie flate qui s'abuse, & non pas qui menace.
Il est temps de montrer que ie suis vostre Roy,
Et puis que vous osez vous défier de moy,
Gardez à vostre tour que ie ne vous soupçonne;
Vous pouuez apres moy pretendre à la Couronne;
Vous, & vostre Darie...

PATISITE.

                    Il n'en faut plus douter;
C'est leur ambition qui les fait attenter.
LE ROY.
Ah; ce n'est pas de vous que ie le veux apprendre:
Rentrez dans le respect que vous deuez luy rendre.
Non pour trop déferer à son injuste erreur,
Mais pour me contenter, ie vous liure à ma Sœur;
à Hes. Vous-mesme faites-vous raison de son injure.
MEGABISE.
Que faites vous, Seigneur? Ah! fatale auanture.
Seigneur, liurer mon Fils, le liurer au trépas,
Pour auoir préuenu de si noirs attentats?
N'imputez qu'à moy seul tout ce qu'il viêt de faire.

LE ROY.
On pardonne à voftre âge vn zele temeraire.
MEGABISE.
Ah! plutoft pardonnez l'ardeur qui l'a trahy.
bas. Auez-vous oublié?
LE ROY.
Ie veux eftre obey:
Qu'on ne m'ẽ parle plus. Vous, deliurez Darie, *à Meg.*
Ce fera voftre peine; & s'il a quelque enuie
De m'attaquer encor apres ce traittement,
Il verra que ie fuis jufte autant que clement.

SCENE II.
HESIONE, LE ROY, PATISITE.

HESIONE.
APres ce traittement, ie répons de Darie.

MEGABISE.

Quoy, Seigneur, me liurer aux traits de fa furie?
Si vous m'abandonnez, où fera mon efpoir?
LE ROY.
Adieu, ma Sœur.
PATISITE.
Seigneur ...
LE ROY *aux Gardes.*
Faites voftre deuoir.
PATISITE.
Seigneur...
LE ROY.
Suiuez.

PATISITE.
Ah! lâche, abandonner ton Frere,
LE ROY *bas à Patisite.*
Que dis-tu, malheureux?
PATISITE.
Eclate, ma colere;
Acheuons, puis qu'enfin le mot en est lâché.
Oüy, Madame, apprenez ce qu'il vous tient caché;
Si par ses lâchetez ie doy cesser de viure,
Ie veux que cet ingrat soit forcé de me suiure:
Ie l'ay mis sur le Trône, & ma main l'a fait Roy;
Mais il faut qu'il en sorte, & qu'il tombe auec moy:
Sçachez donc mon destin, & celuy d'vn perfide,
Il est vn imposteur, ie suis vn parricide.
LE ROY.
Ah! lâche.
PATISITE.
Et pour tout dire, & ne vous celer rien,
Il se dit vostre Frere, & le traistre est le mien:
Madame, cette main a fait périr le vostre.
LE ROY.
Vous, Patisite, aussi?
PATISITE.
Moy plutost que tout autre.
HESIONE.
Ah! traistre.
PATISITE.
Ie le suis, & bourreau de mon Roy;
Mais l'estant pour mon Frere, il l'est autât que moy.
Cõmandez qu'il me suiue, & vengez vous, Madame,
Nous sommes mesme sang.
LE ROY.
Ie suis ton Frere, infame:
Est-ce ainsi qu'on le preuue, en desirant ma mort?
D

HESIONE.
Mon Frere, sa fureur eclaircit voftre fort:
C'eft, c'eft vn criminel, fans efpoir, fans refuge,
Qui mourant, auec luy veut entraifner fon Iuge;
Mais ie vous vengeray.
PATISITE.
Quoy, l'on ne me croit pas?
Ah! malheur mille fois pire que le trépas.
Le coupable à la mort enuoyra fon complice;
Affis deffus le Trône, il verra mon fupplice,
O rage! ô defefpoir!
HESIONE.
Qu'on l'ofte de mes yeux.
LE ROY.
Ma Sœur, faites ceffer ces bruits injurieux.
HESIONE.
Seigneur, ce digne éclat que vous venez de faire
Conuaincra tout l'Eftat que vous eftes mon Frere;
Et fi mon Hymen fert à le defabufer,
Mon Frere m'eft trop cher pour luy rien refufer.

Fin du quatriéme Acte.

ACTE V.

SCENE PREMIERE.

LE ROY, PATISITE, VN GARDE.

LE GARDE.

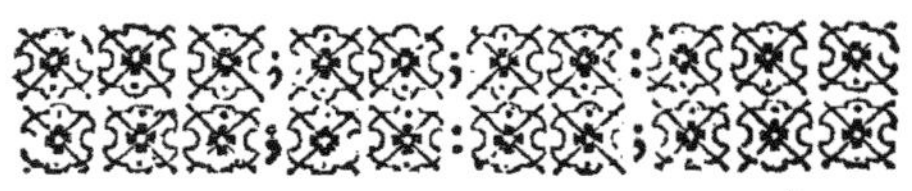

O N le gardoit, Seigneur, dans la Cham-
bre prochaine.
LE ROY.
Il eſt trop criminel, pour diferer ſa
peine.
LE GARDE.
Le voicy.
LE ROY.
Laiſſe-nous. afin qu'en liberté
Il m'apprenne le but de ſa temerité.
PATISITE.
Quoy, perfide, en ce lieu? d'où te vient cette audace?
Viens-tu, pour me brauer, au fort de ma diſgrace,
Triompher de ma rage, & de mon deſeſpoir?
LE ROY.
Lâche, ie le pourrois, ſans bleſſer mon deuoir:
Apres ce que ta rage a fait pour me détruire,
La voyant en eſtat de ne pouuoir plus nuire,
Rire de ta foibleſſe eſt le moins que ie doy.

D ij

PATISITE.

Tout foible que ie suis, ie puis autant que toy:
Malgré ton imposture, & ton audace extréme,
Si ie t'ay des Perfans donné le Diadéme,
Pour les defabufer encor auant ma mort,
Pour te faire perir, ie me fens affez fort.
Sufe, Sufe, apprendra, malgré ton impudence,
En quelles mains i'ay mis la fuprême Puiffance;
Et tu fçauras, ingrat, periffant auec moy,
Si c'eft pour me liurer, que ie t'auois fait Roy.

LE ROY.

I'excufe ta fureur, & pardonne à ta crainte
Les tranfports outrageux de cette injufte plainte,
Et t'aime encor affez, pour te defabufer
De tout ce qui te fert à les authorifer:
Tu crois m'auoir fait Roy?
PATISITE.
Si ie le crois? Ah! traiftre.
LE ROY.
Parle fans t'emporter.
PATISITE.
Toy fans te méconnaiftre.
LE ROY.

Lâche, ie me connois, & te connois auffi;
De ton fort, & du mien, tu vas eftre éclaircy.
Depuis le jour fatal que ie fortis de l'onde,
Loin des foins de la Cour, dans vne paix profonde,
Roy de mes paffions, maiftre de mes defirs,
Ie fongeois à goufter de folides plaifirs,
Quand pour tes interefts, ta criminelle audace,
D'vn Prince affaffiné me vint offrir la place,
Et pour te conferuer quelque rang dans l'Eftat,
Voulut m'enueloper dedans ton attentat,

Et me faire acheter la supréme Puissance,
En m'oftant le repos auecque l'innocence.
Mais quand tu me l'offris, ay-je sceu que ta main
Auoit tranché les jours de noftre Souuerain?
Tu me cachas ton crime, & le pouuoir supréme
Me fut donné dans Bactre en dépit de moy-mémes
Ie le dois à l'erreur de ce Peuple mutin,
Ou plutoft ie le dois au bizarre Deftin,
Qui se voulant joüer de la Toute-Puissance,
Confond le vray Monarque auec sa reffemblance.

PATISITE.

Ie ne m'étonne plus, si fier d'vn si beau fort,
Tu veux, pour mieux regner, precipiter ma mort:
Ce que i'ay fait pour toy, quelque nõqu'on luy dõne,
Sur ton ingrate tefte a fait choir la Couronnes
Qui nous a donné tout, & nous peut tout ofter,
Eft vn fardeau bien rude, & penible à porters
On croit fortir des fers, quand on peut s'en défaire.
La Princeffe outragée a demandé ton Frere,
Et tu croyois, ingrat, me liurant à fes coups,
Ta lâche politique autant que fon courroux:
Si cette occasion ne fe fut prefentée,
Ma perte eftoit remife, & non pas éuitée.

LE ROY.

Ceffe de mefurer mes fentimens aux tiens;
Ce font tes precedez, lâche, voicy les miens.
Dans l'effay dangereux où m'a mis Hefione,
I'ay fait pour ton falut plus que pour ma Couronne.

PATISITE.

Me liurer à fa haine, eft-ce me fecourir?

LE ROY.

Oüy, quand te proteger eftoit me découurir;
Quand fans la détromper, ie n'ay pû te defendre
Mais le péril t'aueugle, & ie ne puis comprendre

Qu'apres auoir montré tant d'adreſſe & de cœur,
En faiſant pour vn Roy paſſer vn impoſteur,
Qu'apres vn ſi grand coup, on t'ait veu dans la ſuite
Montrer tant de foibleſſe, & ſi peu de conduite.
Par de feintes rigueurs ton courage s'abat:
T'auoir oſé trahir, c'eſt mon grand coup d'Eſtat;
Ce qu'en me couronnant ton crime n'a pû faire,
Apprens que ie l'ay fait en trahiſſant mon Frere;
Mon ſang abandonné, mon Frere mal-traitté,
D'vn voile plus épais couurent la verité:
I'ay vaincu la Nature, elle-meſme s'en loüe;
Par cette trahiſon que mon cœur deſauoüe,
I'ay ceſſé, me montrant inſenſible pour toy,
D'eſtre Frere vn moment, pour eſtre toûjours Roy.
Crois-tu qu'en te liurant, vn Frere t'abandonne?
I'aurois ſceu préuenir les fureurs d'Heſione;
Maintenant tout me force à prononcer ta mort:
Sous ce voile ſanglant il faut cacher mon ſort;
Ie ne puis m'oppoſer au coup qui te menace,
Et mon Pere luy ſeul peut demander ta grace.
Le voicy qui paroiſt.

SCENE II.

MEGABISE, LE ROY, PATISITE.

MEGABISE.

AH! mon Fils. Ah! mon Fils.
La Princeſſe eſt pour toy, tu n'as plus d'ennemis:
Ta generoſité deſarme ſa colere;
Elle te croit le ſien, quand tu liures ton Frere;
Elle te fait ſon Iuge, & ſon reſſentiment
De ſon crime à toy ſeul laiſſe le chaſtiment.

LE ROY.

Ie crains que c'eſt icy ſ'epreuue dangereuſe
D'vne Princeſſe adroite autant que genereuſe:
Fn me liurant mon Frere, elle veut m'éprouuer;
Ses ſoupçons renaiſtront, ſi ie ſoſe ſauuer.

MEGABISE.

Qu'il périſſe plutoſt, cet ingrat, ce perfide,
Qui dans l'emportement de ſa rage timide,
En t'oſant découurir, t'a preſque aſſaſſiné.

PATISITE

Quoy, de mon Pere auſſi ie ſuis abandonné?

MEGABISE.

Malgré tes lâchetez i'ay demandé ta vie;
Mais ie conſens enfin qu'elle te ſoit rauie,
Si c'eſt par ton trépas qu'il le faut ſecourir.

PATISITE.

Moy qui le fais regner, me fera-t'il périr?

MEGABISE

Si tu te veux vanter de l'auoir fait Monarque,
Il faut par ton trépas m'en donner vne marque,
Te dédire en mourant : Il te deura ce rang,
Quand ſon Trône ſera cimenté par ton ſang;
Alors que rendant l'ame au milieu des ſuplices,
Faiſant de ſa grandeur tes plus cheres delices,
Tu diras, il eſt Roy ; content auec raiſon,
D'aſſeurer en mourant le Sceptre à ſa Maiſon.
Que ne m'eſt-il permis de prendre icy ta place,
Et de faire en mourant la gloire de ma race!
Que ie ſerois heureux, ſi mon ſang répandu
Faiſoit regner vn Fils que le Ciel m'a rendu!
Si tu ne gouſtes pas de ſi hautes maximes,
Purge au moins par ta mort ma race de tes crimes;
Et n'oſant t'immoler pour ſoutenir ſon rang,
Cache dans le tombeau l'opprobre de mon ſang.

D iiij

Lâche, si ton trépas est vn coup necessaire,
Tu déurois épargner à ton malheureux Pere
Ce funeste entretien, où par vn triste effort
Il faut presser vn Fils à me donner sa mort.

PATISITE.

Des honneurs de la mort qu'vn autre s'éblouïssel
Périsse tout mon sang, s'il faut que ie périsse.

MEGABISE.

Et tu t'étonneras apres ce sentiment,
Si tu reçois de nous le mesme traittement?
PATISITE.
I'imite ses fureurs, & m'ayant fait parestre
Qu'il n'agit plus en Frere, il faut cesser de l'estre:
Qu'il périsse, & qu'il perde vn rãg qu'il tiết de moy.
MEGABISE.
Perfide, ouure les yeux, & reconnois ton Roy.
Tout ton Frere a péry par ta fureur extréme,
Et tu vois en ce lieu Tonaxare luy-même,
Non celuy qui dans Bactre est tombé sous ta main;
Mais vn que le hazard a fa`t ton Souuerain,
Dont le cœur égalant la haute destinée,
Embrasse sa fortune, & la tient enchaisnée
Auec tant de vigueur, qu'elle-mesme aujourd'huy
Ne sçauroit luy rauir ce qu'elle a fait pour luy.
Fut-elle mille fois encor plus inconstante,
Ie l'empescheray bien qu'elle ne se démente.
Prexaspe en ce moment publie en ma faueur
Qu'en luy le Prince regne, & non vn imposteur:
Si son rapport est foible, en public Hesione
L'épousant dés démain, asseure sa Couronne.
LE ROY.

Quoy, Prexaspe,...

MEGABISE.

Oüy, mon Fils, apres de longs efforts,
I'ay vaincu sa frayeur, & dompté ses remors,
Et l'engageant enfin à ce faux témoignage....

LE ROY   *à Patisite.*

Que ne vous dois-je point? En faut-il dauantage?
Confesse maintenant....

PATISITE.

          O succés fortuné!

·LE ROY.

Et tu te vanteras de m'auoir couronné?

PATISITE.

I'ay commencé; le Sort acheue mon ouurage.

LE ROY.

Ce n'est toy, ny le Sort.

PATISITE.

          Et qui donc?

LE ROY.

                    Mon courage,
Mon Pere, qui? Le Ciel, qui pour venger nos Roys,
D'vn Roy qui dans la Perse a transporté nos droits,
A couronné ma teste, & veut que la Medie
Possede encor vn coup l'Empire de l'Asie.

PATISITE.

La Couronne n'est pas pour ceux de nostre sang.

LE ROY.

La Couronne est pour ceux qui meritent ce rang;
Et ie croy que les Dieux la firent pour ma teste,
Quand ie voy qu'elle y tient malgré cette tempeste.

PATISITE.

Ce grand cœur jusqu'icy nous estoit inconnu,

LE ROY.

Et sans l'illustre rang où ie suis paruenu,

                              D v

Il le feroit encor, bien que ce foit le même
Qui me faifoit agir auant le Diadéme;
Mais les mefmes vertus ont plus, ou moins d'éclat,
Selon les diuers rangs qu'elles ont dans l'Eftat;
Et dans vn lieu plus bas tel à peine on remarque,
Qui feroit vn Héros, s'il deuenoit Monarque.
Ie vois que i'eftois né pour regner; que fçais-tu,
Toy qui crois que le fang fert tant à la vertu,
Si ce rapport n'a point, pour confondre ton crime,
Trompé les affaffins du Prince legitime?
Peut-eftre que ton Frere a péry par ta main;
Du moins tremble toûjours fur vn fort incertain;
Et puis qu'enfin Prexafpe, ou l'hymen d'Hefione,
Peuuent fans ton fecours m'affeurer la Couronne,
Refpecte en moy l'ouurage, & la faueur des Dieux.

MEGABISE.

O Pere fortuné d'vn Fils fi glorieux!
Pardônez-moy,grâs Dieux,fi l'amour de mô Maiftre
Cede à l'amour d vn Fils qui merite de l'eftre.
à Pat. Toy,ceffe de trêbler aupres d'vn fi grâd Roy.

LE ROY.

Seigneur, tout mon deftin n'a befoin que de moy;
Ie ne crains de fa part ny rage, ny foibleffe;
Eleué fur vn Trône où i'attens ma Princeffe....
Elle vient: Laiffons-là ; ie voy qu'elle reduit
Vn des plus dangereux dont la haine me nuit.

MEGABISE.

Moy, ie vay de Prexafpe appuyer le fuffrage,

SCENE III.
ZOPIRE, HESIONE.

ZOPIRE.

DArie en a conceu tant de honte & de rage,
Qu'il n'ose en cet estat se montrer à vos yeux.
HESIONE.
Qu'il me cache à iamais ces transports furieux.
A ce qu'a fait mon Frere est-il si peu sensible?
ZOPIRE.
Qu'a-t'il fait quid'vn Roy soit la marque infaillible?
S'exposer à la mort pour vous tirer d'erreur,
Sent le desesperé, le fourbe, l'imposteur;
Non le vray Roy, qui plein de iuste confiance
En de pareils malheurs agit auec prudence,
Prend toute vne autre voye, ou laisse faire au temps.
HESIONE.
Tout est suspect, Zopire, aux esprits mécontens.
Par quelle plus hardie & forte experience
Pouuoit-il mieux montrer sa pleine confiance?
Il s'expose à mes coups, me presente son sein,
Et laisse à la Nature à retenir ma main:
Il y pouuoit périr, vne ame criminelle,
Pour s'offrir à la mort, a trop d'horreur pour elle.
ZOPIRE.
Quand par ce seul moyen il la peut éuiter,
C'est la craindre en effet que de s'y presenter:
Voyant dessous ses pas creuser des precipices,
Il veut par cette adresse échapper aux supplices,

D vj

Et par cefaux mépris qu'il a fait du trépas,
Surprendre voftre cœur, fe fauuer dans vos bras,
Et s'y mettre à couuert de l'horrible tempefte
Qu'il voit de toutes parts éclater fur fa tefte.
Si Darie en reçoit vn fi doux traittement,
Le laiffant fur fa foy dans fon empoitement,
Nous voyons fon adreffe, il craint, puisqu'il le flate.
H E S I O N E.
Puisqu'il pardône, il craint; il faut dôc, ame ingrate,
Que pour ceffer de craindre, en luy dônant la mort,
Il montre qu'il eft né maiftre de tout fon fort:
A ces marques en luy, connoiftra-t'il mon Frere?
Z O P I R E.
Donnant à fon amour ce qu'il a voulu faire,
Le Prince eut pardonné, mais non fi promptement,
Forçant, pour nous tromper, tout fon reffentiment,
Il contrefait le Roy, mais plus il femble l'eftre,
Plus fon déguifement le doit faire connaiftre.

H E S I O N E.

Me liurer Patifite, eft-ce fe déguifer?
Z O P I R E.
Il n'eft pas en eftat de vous rien refufer,
H E S I O N E.
Ie ne croiray iamais qu'il ait liuré fon Frere,
Z O P I R E.
L'impofteur regneroit par le fang de fon Pere,
Par le mien, par le voftre, & de tout cet Eftat,
S'il efperoit par là couurir fon attentat.
H E S I O N E.
Enfin ie le voy bien, on a fceu vous feduire;
Darie, & voftre amour, ont fur vous tant d'empire,
Qu'au lieu de condamner fon aueugle fureur,
Vous fuiuez fon party, pour obtenir fa Sœur.

Mais que pretend Darie? ose-t'il entreprendre
Sur vn Roy qui m'est cher, & que ie veux defendre?
Qu'il sçache, & vous aussi, malgré luy, malgré vous,
Que pour sauuer mon Roy, i'en feray mon Espoux.

ZOPIRE.

Voftre Efpoux?

HESIONE.
I'ose tout pour defendre fa vie.

ZOPIRE.
Helas ! que deuiendra l'infortuné Darie?

HESIONE.
Dois-je aimer vn ingrat qui veut perdre fon Roy,
Et qui trahit mon Frere, eft-il digne de moy?
Dites-luy de ma part, ou qu'il fuiue mon Frere,
Ou qu'il fouffre vn hymen que ie croy neceffaire;
Quelque horreur que le fang me dône pour ce choix,
Tout deuient glorieux pour le falut des Roys.

ZOPIRE.
Dites, dites plutoft, que fous ce zele extréme
Vous tâchez de cacher la foif du Diadéme:
Mais nous ferons périr, pour fauuer voftre honneur,
L'indigne ambition qui flate voftre cœur.

SCENE IV.

ZOPIRE, DARIE, HESIONE, CLEONE.

DARIE *en trauerfant le Theatre.*
A Moy, Zopire.

ZOPIRE.
Allons.

HESIONE.
O Dieux ! qu'allez vous faire?
CLEONE.
Ne les empeschez pas de venger voftre Frere.
HESIONE.
Mon Frere ! que me dit cet air trifte & confus?
Que fait mon Frere?
CLEONE.
Helas! voftre Frere n'eft plus.
HESIONE.
Quoy, mon Frere n'eft plus ? ô honte! ô perfidie!
Voila ce que i'ay craint des fureurs de Darie.
CLEONE.
Ah! Madame, écoutez: Darie a trop de cœur,
Et fut toûjours des Roys l'illuftre defenfeur.
HESIONE.
Explique-toy.
CLEONE.
Suiuant vn gros de populace,
I'ay pour vous obeïr couru jufqu'à la place,
Où Prexafpe déja paroiffant fur la tour,
Demandoit audience au Peuple d'alentour.
Perfans (s'écria-t'il d'vne voix effroyable)
Le fang du grand Cyrus, cette race adorable,
Perit fans fucceffeur : Parifite auec moy,
Pour couronner fon Frere, a fait périr fon Roy.
I'ay caché jufqu'icy cet attentat horrible,
Mais ie ne puis forcer vn remors inuincible;
Megabife adorant vn Fils, quoy qu'impofteur,
M'obligeoit de tromper la Perfe en fa faueur;
Il auoit corrompu mon fuffrage & mon zele;
Mais à luy, comme à moy, mon remors infidelle
Me force d'auoüer mon crime aux yeux de tous :
Vangez voftre Monarque, allez, qu'attendez-vous?

Il se taist; & voyant cette troupe flotante
Par l'agitation d'vne foy chancelante:
Doutez (dit-il) doutez d'vn traistre comme moy,
Mais enfin par ma mort asseurez vostre foy:
Voicy de vostre Roy la premiere vengeance.
A ces mots, furieux de la Tour il s'élance:
On en jette aussi-tost d'epouuantables cris;
Il tombe sur sa teste, & son sanglant debris
Eclate loin du corps, & le laisse sans vie.

HESIONE.

Ha! mon cher Frere, helas; Ah! Zopire, ah! Darie.
Pardon, si i'ay voulu dans mon auueuglement
Contre vn traistre arrester vostre ressentiment:
Ie vay vous seconder. Et toy dans ces alarmes,
Cher Frere, épargne-moy les plaintes & les larmes;
Prens du sang pour du sang, il te vengera mieux,
Paye-toy par ma main, plutost que par mes yeux.
De ces derniers momens que l'imposteur respire,
I'en dois compte à Cyrus, à sa gloire, à l'Empire,
A tant de vœux trahis, à tant de maux soufferts,
A Zopire, à Darie, aux Dieux, à l'Vniuers.

SCENE V.

ARAMINTE, HESIONE, CLEONE.

ARAMINTE.

Madame, où courez-vous?

HESIONE.

Ie cours à la vengeance;
Mon Frere est mort, Prexaspe a rompu le silence:

Son rapport en public a finy noftre erreur.

ARAMINTE.

Ah! non, non, gardez-vous de croire vn impofteur;
Prexafpe s'eft puny d'vn rapport temeraire,
Il eft mort du remors de trahir voftre Frere,
Et d'auoir lâchement parlé contre fon Roy:
Darie, & fes amis, ont corrompu fa foy.
I'ay veu tantoft mon Frere auec tant de furie,
Solliciter Prexafpe, & menacer fa vie,
Qu'il vient d'en obtenir ce lâche & faux rapport,
Dont luy-mefme auffi-toft s'eft puny par fa mort.

HESIONE.

Helas! il m'en fouuient, troublé de fa difgrace,
Voftre Frere tantoft m'en a fait la menace,
Prexafpe (m'a-t'il dit) Prexafpe eft tout pour nous,
Preuenons promptement fon defefpoir jaloux.

SCENE VI.

ZOPIRE, ARAMINTE, HESIONE,
CLEONE.

ZOPIRE.

Madame, c'en eft fait.

HESIONE.

Quoy?

ZOPIRE.

Mon trouble eft extréme.
Que vous diray-je? vn fourbe, ou le Prince lui-méme,
Oropafte, ou le Roy, vient d'eftre affaffiné.

HESIONE.

Traiftres, qu'auez-vous fait?

ARAMINTE.

Ah ! Prince infortuné,

ZOPIRE.

Le rapport de Prexafpe authorife ce crime,
Et fa mort en public rend ce coup legitime,

HESIONE.

Quoy qu'il en foit enfin, mon Frere ne vit plus,

ZOPIRE.

Ie ne fçay que vous dire en vn fort fi confus:
Et ce qui fur ce poinct m'étonne dauantage,
C'eft qu'vn fourbe foit mort auec tant de courage:
Mais pour en mieux juger, apprenez fon malheur,
Le Roy voyant ceffer vne fatale erreur,
Et croyant que Prexafpe au milieu de la place
Détruifoit de faux bruits qui caufoient fa difgrace,
Il gouftoit en repos la gloire de fon fort,
Quand il nous voit entrer, & par vn prompt effort
Fondre dedans fa Chambre auec tant de furie,
Qu'il juge en mefme temps qu'on en veut à fa vie.
Le Roy, fans fe troubler, foutiét nospremiers coups,
Et d'vn air animé d'orgueil & de courroux,
Comme il fe voit furpris auec peu de defenfe,
Menace, & fait voloir la fuprème Puiffance.
Nous crians auffi-toft, periffe l'impofteur,
Ses Gardes ont d'abord fenty noftre fureur,
Et nos feconds efforts font périr Patifite.
Le Roy frémit du coup, fon courage s'irrite,
Il ramaffe fa force, & toute la fierté
Qu'oppofe aux grands périls l'augufte Majefté;
On voit fes yeux briller d'vne noble furie,
Qui fait prefque trembler l'intrépide Darie,
Seul il fe mefle, il frape, il attaque, il pourfuit,
Le vaillant Megabife accourt à ce grand bruit,

Plein d'vn zele fanglant il n'épargne perfonne,
Et comme à tant d'ardeur fon zele s'abandonne,
Il donne à mefme temps, & reçoit mille coups,
En s'écriant par tout, traiftres ,que faites-vous?
Vous tuez voftre Roy, malheureux parricides.
Cette voix nous étonne, & nous rend plus timides;
Luy qui voit en tombant les effets de fa foy,
Meurt auec quelque efpoir d'auoir fauué fon Roy.
Cependant fur le Roy ie voy fondre Darie;
Le Roy nous fait trembler, en defendant fa vie:
Mais fon courage enfin par le nombre accablé,
Soutient tout fon malheur fans en eftre troublé.
Il femble .. Mais voicy qui vous dira le refte.

SCENE VII.

HESIONE, ARAMINTE, DARIE, ZOPIRE, CLEONE.

HESIONE.

VIens vanter les effets de ta rage funefte,
Ton lâche étonnement nous dit ta trahifon.

DARIE.

Non, non, d'vn impofteur ie vous ay fait raifon.

HESIONE

Ton trouble & ta douleur nous le fôt bienparaiftre.

DARIE.

Helas, n'en doutez point.

HESIONE.

       Qui te l'a fait connaiftre,
Cruel? eft-ce Prexafpe, apres qu'il t'a fait voir
L'effet de fon remois par vn prompt defefpoir?

D'vn menfonge arraché par ta jaloufe rage,
Ton amour a-t'il crû tirer quelque auantage?
Viens-tu me demander mon amour & ma foy,
Tout foüillé, tout fanglant du meurtre de ton Roy?

DARIE.

Il a parlé, Madame, & malgré ma furie
I'ay voulu luy laiffer quelque refte de vie,
Pour pouuoir par luymefme eftre inftruit de sõ fort;
Il m'en a fait enfin vn fincere rapport,
L'impofteur eft connu, mais fa trifte auanture
Fait ceffer dans mon cœur l'horreur de l'impofture,
Princeffe, pour finir vn fort fi glorieux,
Il veut auant mourir, l'expofer à vos yeux;
On l'ameine.

SCENE DERNIERE.

HESIONE, ARAMINTE, DARIE, ZOPIRE, LE ROY, CELONE.

HEZIONE.

ET ie vois helas! que c'eft mon Frere.

ARAMINTE.

Ah! Seigneur.

LE ROY.

De ces noms la gloire m'eft bien chere:
Mais ils honorent trop vn fourbe, vn impofteur.
Changez cette pitié, cette amour, en fureur,
Voftre Frere n'eft plus, & i'occupois fa place.

HESIONE.

Que dis-tu, malheureux?

ARAMINTE.
                    Ah! fatale difgrace.
LE ROY.
Mon Frere ayant pery d'vn coup precipité,
Malgré luy dans fa mort, cachoit la verité,
Et mon Pere luy-mefme eftoit vn infidelle;
L'intereft de fon fang l'emportoit fur fon zele;
Il vouloit vous tromper mefme en perdant le jour:
Mais ie n'ay pû tromper l'objet de mon amour.
Semblable au vray Monarque, & ce raport extrémé
M'ayant fait Roy dãs Baĉtré en dépit de n oi-méme;
Eftant Mede, & pouuant, pour reprẽdre ıos droicts,
Dérober aux Perfans le Sceptre de nos Roys,
Innocent du trépas d'vn Prince legitime,
Le Soir, & ma vertu, m'ont fait regner fans crime,
Et par vn titre encor & plus jufte, & plus doux,
I'ay regné pour me rendre vn peu digne de vous.
Adieu, Madame, adieu, ie fens que ma foibleffe
Me va faire expirer aux yeux de ma Princeffe;
Emporte-moy, de grace, épargne à ces beaux yeux
De ce fanglant trépas le fpectacle odieux.
HESIONE.
Tout impofteur qu'il eft, i'en ay l'ame attendrie.
DARIE.
Hé bien, Princeffe....
HESIONE.
                    Enfin fa mort vous juftifie.
ZOPIRE.
Madame....
ARAMINTE.
            Ie rougis de mon aueuglement,
        DARIE à *Hefione*.
Voftre Frere eft vengé.

ZOPIRE à *Araminte*.
I'ay vengé voftre Amant.
ARAMINTE.
Par ma douleur jugez de ma reconnoiffance.
HESIONE.
Ma main fera le prix d'vne illuftre vengeance:
Mais auant que payer fa flame, & voftre foy,
Allons calmer le Peuple, & luy choifir vn Roy.

FIN.

9 782019 684822